AF178648

Lore Macho

Tödliche Weintaufe
Waldviertel-Krimi

Lore Macho

Tödliche Weintaufe

Waldviertel-Krimi

www.federfrei.at

Personen und Handlungen sind frei erfunden.
Alle Ähnlichkeiten mit lebenden oder nicht lebenden Personen
sind deshalb reiner Zufall und nicht beabsichtigt.
Sollte Ihnen, lieber Leser, liebe Leserin,
doch etwas bekannt vorkommen,
zeigt das nur, dass Sie über mehr Fantasie
verfügen als ich.

© Verlag federfrei
Marchtrenk, 2025
Verlag federfrei
Prielstraße 7, 4614 Marchtrenk
office@federfrei.at
www.federfrei.at

1. Auflage
Umschlagabbildung:
© Sonja Macho
Lektorat:
E. Reisinger
Satz und Layout:
Verlag federfrei
Printed in EU
ISBN 978-3-99074-328-7

»Im Wein liegt die Wahrheit,
und mit der stößt man überall an.«
Friedrich Hegel

KAPITEL 1

»Hedwig!«

Aus dem hintersten Winkel des großen Saales unseres Klein Schiesslinger Kulturhauses dringt lautes Rumoren. Dann vernehme ich Hedwigs Stimme, die aus dem Keller zu kommen scheint.

»Bist du das, Sandra?«

»No na! Wo steckst du denn, zum Teufel?«

»Fluch nicht!«

Lachend mache ich ein paar Schritte in den Raum hinein, werde allerdings von einem eingehenden Anruf aufgehalten.

»Weber!«

»Frau Sandra Weber?«

Die Stimme nervt. »Ja! Wer will das wissen?«

»Mein Name ist …«

Weiter höre ich nicht zu. Diese blöden Anrufe kenne ich, deshalb drücke ich den roten Hörer auf meinem Mobiltelefon. Ich stecke das Handy weg und sehe die Winzergattin Hedwig Uhudler über eine tiefe Truhe gebeugt. Nur ihr rundliches Hinterteil schaut über den Rand und sie mault, was ich aber aufgrund ihres in der Tiefe vergrabenen Kopfes nur dumpf vernehmen kann.

»Was machst du denn da?«, frage ich erstaunt.

Endlich taucht sie in voller Größe auf. Ihre Frisur ist im Eimer, ihr Gesicht gerötet. Mit beiden Händen zerrt sie ein weißes Tuch hervor und schüttelt es kräftig durch.

»Ich such Tischtücher für die Weintaufe!«

Aha!

»Der Günter hat gesagt, in dieser Truhe finde ich welche.«
Verärgert haut sie ihr Fundstück auf den großen Tisch vor dem Fenster, das den Blick auf den Tröpferlbrunnen im Vorgarten des Kulturhauses freigibt.

Bürgermeister Alfons Pummerl wollte, als an dieser Stelle plötzlich Wasser aus dem Boden quoll, eine Heilquelle einrichten und Klein Schiessling zu Bad Klein Schiessling erklären lassen. Dies ist ihm jedoch nicht gelungen, weil es sich um keine ergiebige Thermalquelle, sondern um normales Wasser handelt, das zudem nur äußerst spärlich aus dem Boden quillt. Aber das ist jetzt schon ein paar Jahre her. Seitdem tröpfelt der Brunnen gelangweilt vor sich hin, was die Dörflerinnen von Klein Schiessling jedoch nicht daran hindert, ihn als ihren heiligen Brunnen zu betrachten und stets, wenn sie davorstehen, leise Gebete vor sich hinmurmeln.

»Himmel, Arsch und Zwirn«, flucht Hedwig jetzt selbst, obwohl sie es mir kurz zuvor verboten hat. Sie schleudert einen finsteren Blick in den Raum, den sicher keine Schuld trifft, warum sie die Tischtücher nicht finden kann.

Seit unser Kulturhaus vor ein paar Jahren eröffnet wurde, fanden zwar einige Veranstaltungen, unter anderem ein landesweites Tarockturnier inklusive spektakulärem Mord, statt, seitdem wird es jedoch aus Mangel an entsprechender Kultur in Klein Schiessling wenig genutzt.

Vielleicht hatte man auch nur Angst, solch ein schreckliches Ereignis könnte sich wiederholen. Doch nun scheint der Bann gebrochen zu sein. Der Weinbauverein, dem nicht nur die Klein Schiesslinger Winzer, sondern auch zahlreiche Weinbauern aus den umliegenden Orten angehören, hat einstimmig beschlossen, die heurige Weintaufe im Kulturhaus abzuhalten, und die Durchführung dieser Großveranstaltung den ortsansässigen Winzerfrauen zu übertragen.

Wem sonst?

Und von den Winzerfrauen ist einstimmig die Wahl auf Hedwig Uhudler gefallen. Die ganze Arbeit haben sie ihr auf die zarten Schultern geschmissen, mit der Bemerkung, sie könne ohnehin alles besser. Auch ein Argument, um sich vor der Arbeit drücken zu können. Aber wie heißt es so schön? Viele Köche verderben den Brei. Aus diesem Grund ist es wahrscheinlich wirklich das Beste, wenn die Durchführung nur in einer Hand liegt, noch dazu in Hedwigs Hand, die für ihre korrekte und durchdachte Arbeit bekannt ist.

»Wo sind denn jetzt diese depperten Tischtücher?«

»Da hast doch eh eines«, lache ich.

»Eins! Eins! Ich brauch doch mindestens zwanzig von der Sorte! Da schau dir einmal die vielen Tische an. Wenn wir die zusammenstellen, ist die Festtafel ellenlang. Und das da«, ein verächtlicher Blick trifft das unschuldige Tischtuch, »reicht grad einmal für einen kleinen Tisch.«

Wo sie recht hat, hat sie recht. Kopf und Rücken verschwinden wieder in der Truhe, und die Maulerei geht weiter.

»Kram halt ein bisserl tiefer. Vielleicht liegen ganz unten noch welche«, rate ich und erhalte als Antwort ein unverständliches Gemurre.

Endlich befördert sie schnaufend einen Berg Wäsche zutage.

»Da ist nix, außer dem Zeug da.« Verärgert knallt sie ein paar karierte Geschirrtücher neben die Truhe auf den Boden.

»Na, zumindest hast du jetzt Geschirrtücher, die wir bei der Weintaufe auch brauchen können.«

Ein neuerlicher Tiefgang in die alte Holzkiste lässt sie endlich zufrieden aufstöhnen.

»Schau dir das an! Ganz zuunterst müssen diese depperten Tücher liegen! Kruzitürken noch einmal!«

Neuerlich fluchend schält sie sich mit einem Arm voller Weißwäsche ans Licht, wirft mir den Berg zu, schüttelt den Kopf und seufzt.

»Ich glaub nicht, dass die reichen werden.«

Wir begutachten den Fund, dann nimmt sie ihn mir ab und wirft ihn auf den Tisch zu dem anderen.

»Die muss ich alle durchwaschen und bügeln. Schau, wie zerknittert die sind.«

Nickend streiche ich mit der Hand über das oberste der Tücher und muss ihr recht geben. Waschen und bügeln würde nicht schaden.

»Schauen wir einmal, ob wir wenigstens genug Gläser finden.«

Energisch dreht sie sich um, kramt einen zerknitterten Zettel aus ihrer Hosentasche und entziffert das Geschreibsel.

»Laut Günter müssten die in dem Kasten da sein! Ganz oben. Eh klar!«

Lachend helfe ich ihr auf die Leiter, die neben der Tür steht, damit sie in das oberste Fach hineinsehen kann. Die Räume unseres Kulturhauses sind sehr hoch, was einerseits günstig ist, weil viel Sauerstoff zur Verfügung steht, wenn der Raum rappelvoll ist, andererseits, wie man jetzt sieht, doch nicht ganz so vorteilhaft, wenn die Möbel bis zum Plafond reichen. Aber, muss ich gestehen, Hedwig hat mit ihren einen Meter siebenundsechzig auch nicht gerade Modelgröße. Und da auch ich nicht größer bin, ergibt es keinen Sinn, an ihrer Stelle auf die Leiter zu klettern.

Egal!

Hedwig streckt sich zur vollen Länge, dann plärrt sie erleichtert: »Ha, da steht was!« Behutsam zieht sie eine Schachtel nach der anderen ans Licht und reicht sie mir herunter. Ich öffne sie und beginne, die darin befindlichen Gläser zu zählen.

»Ist das alles?«, frage ich enttäuscht. »Die sind ja viel zu wen…«

Aber noch ehe ich ausgesprochen habe, zaubert sie weitere Schachteln aus den Tiefen des Kastens. Ich nehme alle Kartons in Empfang, staple sie übereinander auf dem Boden und warte auf Nachschub, der allerdings ausbleibt.

»Das sind alle«, verkündet sie enttäuscht und wischt eine Spinnwebe aus ihrem Gesicht. »Wir müssen den Wirten bitten, uns auszuhelfen.«

»Das wird ja kein Problem sein«, meine ich optimistisch und helfe ihr von der Leiter, bis sie wieder festen Boden unter den Füßen hat.

»Unser Dorfwirtshaus verfügt über genügend Gläser«, schnauft sie echauffiert, »die wir uns ausleihen können.«

»Ganz sicher«, gebe ich mich zuversichtlich und schiebe die Schachteln mit dem gläsernen Fund vorsichtshalber unter den Tisch, damit wir nicht darüber stolpern. Wäre schade, wenn von den Wenigen auch noch ein Teil kaputtgehen würde.

Hedwig wischt ihre Hände an einem der Geschirrtücher ab und schnappt sich ihr Mobiltelefon.

»Günter, komm rüber!«, schreit sie durch den Draht. »Ich hab nur ein paar Tischtücher gefunden, die ganz sicher nicht ausreichen, und genauso schauts mit den Gläsern aus.«

Die Antwort ihres Göttergatten dürfte positiv ausgefallen sein. Sie nickt zufrieden.

»Er kommt!«

»Und du meinst, dass dein Günter zaubern kann?«

»Warum?« Erstaunt hebt sie die Augenbrauen.

Eine Antwort darauf bleibt mir erspart, weil Frau Krügerl, unsere Wirtin, neugierig den Kopf durch die Tür streckt.

»Brauchst du Hilfe, Hedwig?«

»Hilfe nicht, aber Tischtücher und Gläser.«

»Und was ist das da?« Frau Krügerl zeigt auf den Berg Wäsche und die Kartons unter dem Tisch, während sie sich an der Türschnalle festhält.

»Viel zu wenig!«

Aha!

»Au! Pass doch auf!«

Günter Uhudler und Josef Maria Krügerl, unser Wirt vom

Dorfwirtshaus, drängen fast gleichzeitig durch die Tür, an deren Schnalle Frau Krügerl hängt. Nach einem rettenden Sprung in den Raum dreht sie sich verärgert zu den Männern um.

»Bevor ihr mich demoliert, schaffts lieber genügend Gläser und Tischtücher her, sonst wird das nix mit der Weintaufe heuer. Außer die Gäste sitzen an ungedeckten Tischen und saufen den Wein aus den Flaschen.«

KAPITEL 2

Zwei Tage später stapelt sich auf der langen Festtafel im Kulturhaus ein Berg blütenweißer, frisch gebügelter Tischtücher sowie unzählige Gläser. Nun schaut die Geschichte schon viel besser aus und Hedwig ist zufrieden.

»Und was brauch ma sonst noch?«, fragt die Dorftratschen Annerl Passer und zappelt Hedwig Uhudler zwischen den Füßen herum, die einen Korb voller Einmachgläser auf der Tafel abstellen will und ihr dabei fast auf die Zehen getreten wäre.

»Frische Blumen, die wir in die Einmachgläser verteilen und auf der langen Tafel und den einzelnen Tischen platzieren müssen. Damit es festlich ausschaut.«

Annerl Passer nickt. »Aber die Astern aus dein' Garten pflück ma erst später, weil sonst verwelken die bis zum Samstag.«

»Natürlich, Annerl. Ich will nur vorerst einmal alles durchplanen, nicht, dass wir am Samstag bedröppelt dastehen, weil etwas fehlt.«

Beide Frauen mustern kritisch den Festsaal. Alles ist perfekt, bis auf zwei Glühbirnen, die nicht leuchten. Wahrscheinlich sind sie in der langen Zeit, in welcher der Saal aus Ermangelung kultureller Ereignisse nicht benutzt wurde, kaputt gegangen.

»Die kann der Gemeindearbeiter austauschen.«

»Ja, und aufs Klo g'hört frisches Klopapier und a Handtuch zum Händ-Abtrocknen. Obwohl«, Annerl Passer hält grinsend die Hand vor den Mund, »ich glaub, dass die Reinlichkeit nach a paar Vierteln oder mehr nimmer so genau g'nommen wird.«

Hedwig Uhudler lacht. Sie kennt die Dörfler und muss Annerl zustimmen. Bei mehr als zweihundert Gästen, Gansel, Rotkraut und Knödel, von der Wirtin gekocht, dazu viel Wein, kann schon einiges passieren. Aber Hygiene hin, Hygiene her, die Vorbereitung muss stimmen. Und nach der Feier kommt ohnehin eine Reinigungsfirma und schafft Ordnung. Das haben sich die Winzerfrauen, die nicht mitgearbeitet haben, ausbedungen. Wenn Hedwig schon die ganze Vorarbeit leistet, soll sie hinterher nicht auch noch putzen müssen.

»Was anderes, Hedwig«, druckst Annerl Passer herum. »Was ist denn jetzt mit der Weinpatin? Der Pummerl schweigt und von den anderen Gemeinderäten sagt a keiner was. Weißt du, wer für unseren Heurigen Pate ist?«

Hedwig Uhudler hält abrupt in ihrer Bewegung inne.

»Nein! Und wir werden es auch nicht vor Samstag erfahren. Der Günter hat gesagt, das darf nicht bekanntwerden. Es soll eine Riesenüberraschung werden.«

»San die alle deppert? Wie soll ma dann die Tischordnung planen, wenn ma nix weiß?« Die Dorftratschen zerrauft ihre aufgeknödelten Haare. »Alle deppert«, wiederholt sie und lässt sich auf einen Sessel fallen. »Wir müssen doch wissen, wer kommt und wo wir jeden hinsetzen müssen, damit keiner beleidigt ist! Wennst da zwei Falsche zammsetzt, gibt's doch an Mordswirbel!«

»Du hast ja recht, Annerl. Wir verstehen das alle, nur unser hochverehrter Herr Bürgermeister nicht. Das muss bis zum Samstag ein Geheimnis bleiben, hat er gesagt.«

»Der wird a schön langsam schrullig, der Alfons.«

Annerl Passer steht wieder vom Sessel auf und schüttelt missbilligend den Kopf. »Den sollt ma amal austauschen, bevor er noch mehr Blödsinn macht.«

Lachend schiebt Hedwig Uhudler die restlichen Einzeltische zurecht. Gegenüber den Fenstern, hofseitig, hat sie gestern mit

Hilfe von Berta Pitzer mühevoll zehn Tische zu einer langen Festtafel für die hochherrschaftlichen Promis wie Dorfboss Alfons Pummerl, Pfarrer Miroslav Jankovic, die Winzer des Ortes, die Bürgermeister der umliegenden Orte sowie die bis dato noch unbekannte Weinpatin zusammengeschoben. Entlang der Tafel werden zu beiden Seiten Sessel platziert, um schon einmal einen Überblick über die nötigen Abstände zu gewinnen. Wenn ein Besucher aufstehen will oder muss, sollte er hinter sich genügend Platz haben.

»Hauptsache«, kichert Hedwig, »wir wissen, dass der Pummerl kommt. Weil den setzen wir in die Mitte der Festtafel, sodass er auf sein Fußvolk herunterschauen kann wie König Pimpernell!«

»Pimpernell? Wer is denn des?«, lacht Annerl.

»Keine Ahnung. Aber der Name gefällt mir.«

»Und Hochwürden«, schlägt Annerl grinsend vor, »ihm gegenüber, damit sich der Alfons den sein salbungsvolles Geschwafel anhören kann.«

Danach werkeln die beiden Frauen ernst und stumm weiter. Sie zählen die Tischtücher zum hundertsten Mal durch, stellen Weingläser zusammen, Hedwig schreibt eine Liste mit den Dingen, die sie noch besorgen muss, bis Annerl Passer das Schweigen bricht.

»Wer zum Teufel könnt denn nun die heurige Weinpatin sein?«

Sie ist äußerst unzufrieden, wenn sie nicht genau über alles Bescheid weiß. Nicht umsonst ist sie Dorftratschen von Klein Schiessling und damit auch Auskunftsperson über alle Ereignisse im Ort.

»Vielleicht die Marie aus Etzdorf? Oder die Valerie, unsere ehemalige Postlerin?«

»Die ist doch viel zu alt!«

»Meinst du, die Liesel könnte was wissen? Immerhin segnet Hochwürden den heurigen Jungwein und muss sich dazu eine Rede einfallen lassen, in der er ganz sicher die Weinpatin erwähnt. Und was der Pfarrer weiß, weiß doch auch seine Köchin.«

Mehr hat Hedwig Uhudler nicht gebraucht. Wenn jemand glaubt, Liesel könnte mehr wissen als sie, die anerkannte Dorftratschen, wird Annerl Passer grawutisch.

»Die Liesel! Die Liesel!«, plärrt sie. »Ja glaubst denn du, die hat die Weisheit mit dem Schöpfer g'fressen? Die weiß genauso wenig wie ich.«

»Ist ja gut, Annerl. Reg dich nicht auf! Es ist ja nur eine Vermutung.«

Verärgert wirft Annerl Passer das Geschirrtuch, mit dem sie gerade ein Glas nachpoliert hat, auf den Tisch.

»Die Liesel weiß an Schmarrn! Wenn, dann schon eher unser Herr Pfarrer.« Sie nimmt das Geschirrtuch wieder auf und poliert weiter. »Meinst, wir sollten ihn fragen?«

»Wen? Hochwürden?«

»Ja! Wozu ist er denn unser Pfarrer?«

»Und du glaubst«, Hedwig zieht die Mundwinkel nach unten, »der erzählt dir das? Wenn's doch ein Geheimnis sein soll?«

Die Dorftratschen winkt ab.

»Geheimnisse gibt's in der Kirchn genug, die wir trotzdem alle kennen. Warum sollt uns der Pfarrer grad den Namen der Weinpatin nicht verraten?«

Die Winzergattin zuckt mit den Schultern. »Wie du meinst, Annerl. Frag ihn halt.«

Während sie weiter rätseln, erledigen sie nebenbei die restlichen Arbeiten, dann lässt sich Hedwig Uhudler auf einen Sessel fallen. »Jetzt mach ich Schluss! Ich bin müde!«

»Ist eh schon alles fertig«, meint Annerl Passer begeistert. »Schön schaut's aus. Wenn noch die Blumen auf den Tischen stehen, könnt ma glauben, wir sind im Festsaal von Schloss Grafenegg.«

»Jetzt übertreib nicht! Wir haben zwei kaputte Glühbirnen an der Decke und keine glitzernden Kronleuchter!«

KAPITEL 3

»Juliane! … Juliaaane!«

»Jaaa! Warum schreist du denn so?«

Inspektor Julius Schreiner steht vor dem offenen Kleider-schrank und wühlt verzweifelt darin herum. Einen Anzug nach dem anderen schiebt er zur Seite, wird aber nicht fündig. Ein neuerliches »Juliane!« hallt durch das schmucke Einfamilienhaus, in dem der Mordermittler der Horner Polizei seit vielen Jahren mit seiner Frau Juliane lebt. Diese streckt nun ihren Kopf durch die Tür und fragt nochmal, warum er so schreit und was er denn will.

»Ich suche meine neue Krawatte, die zu dem blauen Nadel-streifanzug passt!«

Julius Schreiner steht in Anzughose mit blütenweißem Hemd vor dem Spiegel und rauft sich die Haare.

Entrüstet betrachtet Juliane ihren Mann und schüttelt miss-billigend den Kopf. »Du willst doch nicht im Ernst den Nadel-streifanzug zu dieser Weintaufe tragen?«

»Was denn sonst?«, entgegnet Julius ungläubig. »Ich trage doch immer Anzug und Krawatte, wenn ich im Dienst bin.«

Keiner seiner Kollegen hat den Inspektor jemals in anderer Kleidung gesehen.

»Du bist aber nicht im Dienst, Julius! Ich habe dir doch gestern schon gesagt, dass man zu einer Weintaufe entweder im Trach-tenanzug oder in legerer Kleidung geht. Aber keinesfalls im Nadelstreifanzug! Das ist einfach unpassend und overdressed.«

Schreiner zieht murrend die Mundwinkel nach unten.

»Soll ich vielleicht in Jeans und Pullover gehen?« Er seufzt. »Da erkennt mich doch keiner!

»Der Sepp schon. Der ist doch dabei«, lacht seine Frau schelmisch, »der kann dich ja notfalls den anderen Gästen vorstellen.«

Sie kennt ihren Mann nur zu gut, um zu wissen, dass er von einer einmal gefassten Meinung selten abweicht. Sie versucht bereits seit Jahren, ihn davon zu überzeugen, dass auch im Dienst eine etwas saloppere Kleidung angebracht wäre, aber bis jetzt ohne Erfolg. Ihr lieber Julius ist stur und bockig wie ein Esel. Doch will sie nicht, dass er sich bei dieser Festivität in Klein Schiessling lächerlich macht, noch dazu, wo ihn die Dorfbewohner ohnehin nicht besonders gut leiden können. Und ein Nadelsteifanzug bei ihrer Weintaufe würde ganz sicher dazu beitragen, dass man über ihn tuschelt, oder sogar lacht. Das will sie vermeiden.

Schließlich gibt sich Schreiner geschlagen. Ausnahmsweise will er seiner Frau, von der er weiß, dass sie es gut mit ihm meint, nicht widersprechen.

»Du hast recht, Juliane. Ich ziehe nicht den blauen Nadelstreifanzug an, sondern den hellgrauen. Zu dem passt meine neue Krawatte auch.« Verzweifelt sieht er sich um. »Wenn ich sie nur finden könnte!«

Frau Schreiner gibt auf, schüttelt resignierend den Kopf, greift in die untere Schublade des großen Kleiderkastens und zieht die neue Krawatte ihres Mannes heraus.

»Da hast! Und jetzt beeil dich, sonst kommst du noch zu spät!«

Heute Abend ist Weintaufe, und wir wissen noch immer nicht, wer die diesjährige Weinpatin sein wird. Verärgert über die Geheimniskrämerei platzieren Hedwig und Berta an Bürgermeister Alfons Pummerls rechte Seite eine Tischkarte mit riesigem Fragezeichen. Allen anderen Ehrengästen wurden in Absprache

mit der Dorftratschen Sitzplätze an der langen Festtafel zugewiesen und die entsprechenden Tischkarten aufgestellt.

Zur linken Hand Pummerls wird Gemeinderat Michael Rieslinger sitzen, neben diesem Gemeinderat Heinrich Silvaner, und
zu Pummerls Rechten das große Fragezeichen. Neben dem Fragezeichen platziert Hedwig Gemeinderat Hubert Burgunder.
Gegenüber dem Dorfboss, wie Annerl schadenfroh geplant hat,
wird Pfarrer Miroslav Jankovic sitzen. Zu dessen Linken, also
gegenüber der noch unbekannten Weinpatin, wurde die Gemeindeärztin platziert. Falls dem Pummerl vom salbungsvollen
Geschwafel des Pfarrers schlecht wird, kann sie gleich Erste
Hilfe leisten. Die restlichen Plätze an der langen Tafel nehmen
teilnehmende Winzer mit ihren Gattinnen ein.

Beide Vertreter der Horner Polizei, Inspektor Julius Schreiner und Wachtmeister Josef Tauber, bekommen vorsichtshalber
einen der Einzeltische gleich neben dem Ausgang zugewiesen.
Hedwig Uhudler weiß aus Erfahrung, dass Polizeipräsenz bei
so einer Feier immer gut ist, weil so überkochende Gemüter,
bedingt durch unkontrollierten Alkoholgenuss, sofort in die
Schranken verwiesen und ein Eskalieren verhindert werden
kann.

Mitten im Saal steht, mit kariertem Geschirrtuch abgedeckt,
ein kleines Weinfass, in dem der heurige Jungwein auf seinen
großen Auftritt wartet. Alle an der Weinsegnung teilnehmenden
Winzer haben dazu ein paar Liter beigesteuert. Diese Mischung
wird im Anschluss an die formelle Begrüßung durch Bürgermeister Alfons Pummerl, auf die schon alle gespannt warten,
von Pfarrer Miroslav Jankovic mit Unterstützung der noch unbekannten Weinpatin gesegnet.

KAPITEL 4

Ehe die ersten Gäste eintrudeln, schaut sich Frau Krügerl noch einmal kurz im Saal um, ob auch alles für das kommende Festessen, welches traditionell aus gebratenem Gansel, Rotkraut und Knödel besteht, vorbereitet ist. Servietten, Besteck, zahlreiche Teller für die abgenagten Knochen und vor allem für jedes Getränk das passende Glas. Immerhin gehört Wein ins Weinglas, und Wasser ins Wasserglas. Neben den Gläsern stehen Karaffen, gefüllt mit heurigem Jungwein und Wasser, bereit, damit sich die Besucher vor dem großen Event schon einmal ihre Kehlen befeuchten können.

Ordnung muss sein!

Frau Krügerl ist zufrieden. Sie winkt Hedwig Uhudler kurz zu und verlässt mit wehenden Schürzenzipfeln den Saal.

Und dies keine Minute zu früh, denn schon sind Pfarrer Miroslav Jankovic und die Gemeindeärztin im Anmarsch. Gemeinderat Michael Rieslinger, der mit Oberjägermeister Hans Sachenberger vor dem Eingang zum Festsaal noch ein kleines Plauscherl hält, dreht sich langsam um und folgt Hochwürdens Soutane. Gäste, nicht nur aus Klein Schiessling, auch aus der nahen Umgebung, stapfen unter Geplauder am Tröpferlbrunnen vorbei und weiter in den mit Weinlaubgirlanden festlich geschmückten Saal. Ich sehe Annerl Passer vor mir auf das Kulturhaus zustreben.

»Warte!«, rufe ich. Sie dreht sich um und lacht. »Bist a scho da?«

Gemeinsam betreten wir die Lokalität, wo uns sogleich ein Gebrumme und Gesumme wie in einem Bienenstock empfängt.

»Da ist ja schon mächtig was los«, sage ich und gehe auf Hedwig Uhudler und Berta Pitzer zu, die es sich nicht nehmen lassen, uns in ihren schönsten Dirndln höchstpersönlich zu empfangen.

»Das solltet ihr öfter tragen!« Musternd schaue ich an mir herab. Gegen diese Tracht sind meine graue Hose und die bunte Rüschenbluse eher schlicht. Annerl trägt ein schwarzes Kleid mit einer Brosche in Form einer Blume am Ausschnitt und eine zarte Perlenkette um den Hals.

Seit ihr Mann vor vielen Jahren verstorben ist, findet sich in ihrem Kleiderkasten nur noch schwarze Kleidung. Sie meint, dass diese zu ihrem Alter am besten passt. Langsam geht sie auf die achtzig zu, was man ihr überhaupt nicht ansieht. Sie ist schlank, man könnte fast sagen mager, aber, oder gerade deshalb, fit wie ein Turnschuh.

An der Tafel sehe ich hauptsächlich Trachtenjanker und Dirndln. Ausgenommen – ich muss lachen – bei unserem Pfarrer. Sein kirchliches Gewand hat mit Trachtenkleidung wenig bis gar nichts zu tun. Seine Soutane ist kunstvoll bestickt und er trägt sie mit Stolz. Ich glaube, ein Trachtenjanker würde zu ihm auch nicht passen.

Links vom Eingang, an der Schmalseite des Saales, haben sind sechs Mann der Klein Schiesslinger Blasmusikkapelle mit weißen Hemden und kurzen Lederhosen postiert. Ihre Krachledernen werden von roten Hosenträgern festgehalten, was äußerst schmuck aussieht. Vereinzelt geben die Hörner Probelaute von sich, was dazu führt, dass ihnen die Gäste ihre Köpfe neugierig zuwenden.

Es war eine gute Wahl des Weinbauvereins, der Winzergattin Hedwig Uhudler diese Organisation zu übertragen. Anerkennend nicke ich ihr zu. Sie hat wirklich an alles gedacht und bestens organisiert.

Plötzlich spielt die Musikkapelle einen Tusch, und ich sehe auch gleich, warum.

Bürgermeister Alfons Pummerl betritt erhobenen Hauptes den zum Bersten gefüllten Saal und schaut sich zufrieden um. Er beglückwünscht sich zu seiner guten Idee, die Vorbereitungsarbeiten zu dieser Weintaufe der Winzergattin übertragen zu haben. Niemand sonst hätte es besser zusammengebracht. Kritische Blicke streifen wohlwollend über die gedeckte Tafel und sein Mund zieht sich in die Breite, was zu seiner Figur passt. Auch diese ist breit und nur wenig hoch. Der Name Pummerl passt also vorzüglich zu ihm. Seine vom vielen Wein- und Biergenuss rote Knollennase, die zufrieden inmitten schwabbelnder Hängebäckchen ruht, ebenfalls.

Überschwänglich begrüßt er Hedwig, die sich über sein Händegeschüttle zwar freut, jedoch vergeblich auf ein Lob für ihre anstrengende Arbeit wartet. Gleich danach winkt er allen Anwesenden, ganz besonders seinen Gemeinderäten, Michael Rieslinger, Heinrich Silvaner und Hubert Burgunder sowie dem Oberjägermeister Hans Sachenberger, nonchalant zu. Zur Feier des Tages trägt Hans Sachenberger keinen Hut mit orangem Bandl, dem Erkennungsmerkmal aller Jäger auf der Pirsch, ohne dem sie sich wahrscheinlich eher gegenseitig treffen würden als das Wild, sondern einen dunkelgrünen Filzhut samt Gamsbart. Und, genau wie die Musiker auch, eine kracherne Lederhose. Auch seinen Hund hat er daheim gelassen.

Der Dorfboss begibt sich nicht sofort an den für ihn vorgesehenen Platz, sondern verharrt vor der Festtafel. Dann dreht er sich langsam zur Tür, durch die ein mittelgroßer Mann im Trachtenanzug tritt, macht einen Schritt auf ihn zu, ergreift dessen beide Hände und schüttelt sie lang. Hinter dem Mann taucht eine junge Frau mit roter Mähne auf. Die langen Haare fallen glänzend über ihren Rücken, fast bis zu ihrem buntgemusterten Seidenrock. Dazu trägt sie eine gelbe Bluse, deren oberste zwei

Knöpfe offenstehen, und über ihrer Schulter hängt lässig eine hellbeige Lederjacke. Dicht hinter ihr folgt ein etwa dreißigjähriger Mann mit Dreitagebart in dunkelblauer Jeans und Pullover in der gleichen Farbe. Er schiebt sich an der Rothaarigen vorbei, die er dabei kurz berührt, und bleibt neben Abgeordnetem Severin Plümpel, dem Mann im Trachtenanzug, stehen. Abgeordneter Severin Plümpel ist der Bevölkerung Klein Schiesslings nur zu gut bekannt. Fast wöchentlich prangt er von den Titelseiten irgendwelcher Zeitungen, nicht im Trachtenanzug, sondern modisch gekleidet, oder glänzt im Fernsehen, wo er seinen Senf zu irgendeinem Thema abgibt. Dem Bürgermeister wird der Mann mit Dreitagebart als Tobias Schreivogel, Plümpels Sekretär und Pressesprecher, vorgestellt.

»Heute fungiert er sogar als mein Chauffeur«, meint der Abgeordnete lachend, »damit ich den guten Tropfen auch verkosten kann, ohne mit der Polizei wegen Alkohol am Steuer in Konflikt zu geraten.«

Der Dorfboss schüttelt etwas lasch Tobias Schreivogel die Hand und reicht ihn, zwecks Platzzuweisung, an Hedwig Uhudler weiter, die neben dem Eingang wartet. Für den Sekretär und Pressesprecher des Abgeordneten, dessen Kommen ihr bekannt war, hat sie einen Extratisch vorbereitet, der neben Inspektor Julius Schreiner und Sepp Tauber liegt.

Nur über die weibliche Begleitung wurde sie leider nicht informiert. Verwundert musterte sie den Bürgermeister, der jedoch nur Augen für seinen Gast hat, dessen Hand er neuerlich ergreift und kräftig schüttelt. Man gewinnt den Eindruck, er will ihn für alle Zeiten festhalten. Letztendlich lässt er doch los und schaut sich im gefüllten Saal um. Erwartungsgemäß hängen alle Besucher an seinen Lippen, worauf er stolz ist. Nichts anderes hat er erwartet. Kurz räuspert er sich und beginnt mit seiner einstudierten Ansprache.

»Liebe Gemeindemitglieder und Gemeindemitgliederinnen,

liebe Besucher und Besucherinnen, liebe Gäste und Gästinnen, liebe Weinbauern und Weinbauerinnen …!«

Genderwahntechnisch und undeutlich, weil er wie immer nuschelt, versucht er, seine Kritzelei vom Zettel abzulesen.

»Ich stelle euch jetzt Herrn Abgeordneten Plümpel Severin vor.« Stolz wirft er einen Blick auf seinen Gast. »Der Herr Abgeordnete wird uns die Ehre erweisen, für unser *heuriges Tröpferl*«, dabei zeigt er auf das kleine Fass in der Raummitte, das unter einem karierten Geschirrtuch versteckt ist, »die Patenschaft zu übernehmen.« Er macht kurz Pause, damit seine Worte beim Publikum richtig ankommen, und breitet beide Arme Richtung Abgeordnetem aus, so, als wollte er ihn umarmen.

»Er ist unser heuriger Weinpate!«

Sein rundes Gesicht mit schwabbelnden Hängebäckchen und roter Knollennase verzieht sich zu einem breiten Lächeln. Mit sich und der Welt zufrieden, schließt er seine Schweinsäuglein und wartet auf stürmischen Applaus.

Doch der bleibt aus. Peinliche Stille, abgesehen von Gehüstel und Geräusper, liegt über dem Festsaal des Kulturhauses. Und Alfons Pummerl mittendrin! Statt Standing Ovations erntet er für seine, wie er glaubt, verehrungswürdige Riesenüberraschung ablehnende Zurückhaltung. Unverständnis macht sich in seinem Gesicht breit.

Nicht nur Pummerl ist enttäuscht, auch die Gattin des Abgeordneten, Zoe Rotkopf. Ihren Mädchennamen hat sie beibehalten, weil ihr der Name Plümpel nicht gefiel. Mit gekonntem Schwung schüttelt sie die kupferroten Haare aus dem stark geschminkten Gesicht und betrachtet ihren Mann. So hat sie sich den Empfang nicht vorgestellt. Erstens wurde sie nicht vorgestellt, zweitens gibt keiner der Anwesenden auch nur einen Laut von sich, geschweige denn applaudiert. Anstatt sich, wie immer, in der Prominenz ihres Gatten sonnen zu können, aus welchem Grund heiratet man sonst einen Mann, der zwanzig Jahre älter ist, empfängt sie Stille und Ablehnung. Novembernebel dringt von draußen in den Saal und legt sich zusätzlich drückend auf ihr zartes Gemüt.

Bürgermeister Alfons Pummerl verschwendet keinen Gedanken an Zoe Rotkopf, zwängt sich an die lange Festtafel und dirigiert den Abgeordneten neben sich. Die Tischkarte mit dem großen Fragezeichen zieht er rasch weg und stopft sie in seine Hosentasche.

Abgeordneter Severin Plümpel reagiert ebenso überrascht und befremdet wie seine Frau. Er wirft ratlose Blicke auf die Menschen im Saal, dann sinkt er resigniert auf seinen Sessel und durchbohrt Pummerl mit vorwurfsvollem Blick. Doch der weicht dem Blick demonstrativ aus und fixiert stattdessen die offenstehende Tür, vor welcher der seinerzeit von Steinbruchbesitzer Giselbert Knaller gespendete Brunnen leise und zaghaft vor sich hin tröpfelt.

Von einem kleinen Scheinwerfer angestrahlt durchbricht er die über Klein Schiessling liegende Dunkelheit samt Nebel. Zu hören ist er leider nicht, was den drei Tröpfchen Wasser, die pro Minute aus ihm hervorquellen, geschuldet ist und ihm deshalb bei der Bevölkerung liebevoll den Namen Tröpferlbrunnen eingebracht hat.

Severin Plümpel starrt auf die gegenüberliegende Wand und massiert verärgert seine Schläfen. Er kann es nicht fassen. Was für eine Ignoranz! Worauf hat er sich da bloß eingelassen?

Da ließ er sich von seinen Parteifreunden unter schwerstem Protest breitschlagen, diese dämliche Aufgabe eines Weinpaten zu übernehmen, und nun das! Ganz abgesehen von seiner Gattin, die verloren im Saal steht und nicht weiß, wohin sie sich wenden soll, bis Berta Pitzer endlich hilfsbereit eingreift. Sie reicht Zoe Rotkopf die Hand und zieht sie mit sich hinter die lange Festtafel. Auf die Idee, sich selbst um seine Frau zu kümmern, kommt der Herr Abgeordnete leider nicht.

»Rutsch weg, Huaberl«, zischt Berta Pitzer Gemeinderat Hubert Burgunder an, der bereitwillig seinen Platz der roten Mähne überlässt. Zoe Rotkopf setzt sich leicht verstört neben ihren Gatten. Berta Pitzer dreht sich um, schnappt nach einem leeren Sessel und schiebt ihn Hubert Burgunder unter den Hintern, der nun neben der jungen Frau zum Sitzen kommt und zufrieden in sich hineingrinst. Erstens mag er hübsche Frauen und zweitens will er Berta nicht widersprechen. Er weiß, wie energisch sie werden kann, wenn man ihren Weisungen nicht folgt.

Deshalb schnappt er sein Glas, hebt es in Augenhöhe und prostet verschmitzt lächelnd seiner neuen Sitznachbarin zu.

KAPITEL 5

Inspektor Julis Schreiner ist dieser Fauxpas nicht verborgen geblieben. Innerlich muss er schmunzeln. Ausgerechnet diesem gestriegelten Lackaffen, denkt er, passiert so etwas. Wo immer der sonst in Erscheinung tritt, erntet er höchste Anerkennung. Nur in diesem Nest nicht, wodurch das Ansehen der Dorfbewohner von Klein Schiessling in seiner Achtung ein wenig, aber nur ganz wenig, steigt.

»Haben Sie das gesehen?«, fragt er den gegenüber am Tisch sitzenden Polizisten Sepp Tauber, der ihn begleiten musste, und wirft einen beunruhigten Blick auf den in zaghaftes Licht getauchten Brunnen. Dabei holt ihn die Erinnerung ein. Schon einmal gab es in diesen Räumlichkeiten während eines Tarockturniers und bei heftigstem Unwetter einen Mord. Ein weiteres Mal lag eine Leiche kopfüber in dem Brunnen. Ihn schüttelt es!

»Wir sollten die Leute im Auge behalten, Tauber«, warnt er und streicht nachdenklich über den Ärmel seines grauen Anzugs, um ein nicht vorhandenes Fluserl zu entfernen, »nicht dass wieder etwas geschieht.«

Sepp Tauber nickt, kann sich allerdings nicht vorstellen, was bei dieser Veranstaltung, noch dazu unter Aufsicht der Polizei, passieren könnte, was nicht zu einer Weintaufe gehört. Ein paar Betrunkene vielleicht, ein paar Flüche, ein paar erhobene Fäuste, aber daran ist bekanntlich noch keiner gestorben.

Zumindest bis jetzt nicht!

Nachdem Pummerl samt Weinpate und Gattin sitzt, steht der Obmann des Weinbauvereines, Gemeinderat Michael Rieslinger, auf, zieht einige Notizzettel aus der Tasche seines Trachtenjankers und beginnt, weintechnisch über den Ablauf des vergangenen Weinjahres zu referieren. So, wie es bei jeder Weintaufe halt üblich ist.

»Wir haben leider kein besonders gutes Weinjahr hinter uns, aber trotzdem können wir zufrieden sein. Das Frühjahr war für unsere Reben zu kalt, dann hat die sommerliche Hitze und Trockenheit den Trauben zugesetzt, sodass wir«, er lacht, »fast von Rosinen sprechen können. Die Ernte ist spärlich ausgefallen, aber«, meint er mit erhobenem Zeigefinger, »dafür ist unser Tropfen hervorragend wie schon lange nicht mehr.«

Er macht eine kurze Verschnaufpause.

»Qualität vor Quantität!«, setzt er fort. »Das gilt auch für den Biowein der Winzer aus Etzdorf und Umgebung.« Er schaut auf und nickt den Besuchern zu. »Ich glaube, wir können von einem besonders guten Tropfen sprechen, ja sogar von einem Jahrhundertwein, der sicher in die Geschichte der Winzer eingehen wird und…«

Er redet und redet bis er merkt, dass ihm keiner mehr so richtig zuhört. Die Gäste unterhalten sich mit ihren Nachbarn, einige verlassen ihre Plätze, um mit Bekannten an anderen Tischen zu plaudern, hie und da wird laut gelacht, der Wirt kommt mit dem Servieren kaum nach und Pfarrer Miroslav Jankovic rutscht nervös auf seinem Sessel herum.

Er will diese Weinsegnung hinter sich bringen, damit er sich endlich dem bevorstehenden Festschmaus, zu dem ihn der Weinbauverein eingeladen hat, widmen kann. Die Vorfreude auf den Gaumengenuss beschäftigt ihn derart, dass er nicht mitbekommt, wie Michael Rieslinger seine ausführliche Schilderung über das vergangene Weinjahr mit »Ich danke für Ihre Aufmerksamkeit« beendet hat. Erst der plötzlich einfallende

Applaus reißt ihn in die Gegenwart zurück. Damit ist das Weinjahr in all seinen Höhen und Tiefen nicht nur an Hochwürden spurlos vorübergegangen, sondern leider auch an den meisten Anwesenden im Saal.

Hochwürden beobachtet Gemeinderat Michael Rieslinger, wie er sich langsam setzt und die Zettel, von denen er seine Rede abgelesen hat, in der Tasche seines Jankers verschwinden lässt. Endlich kann er mit der Segnung beginnen.

Erhobenen Hauptes erhebt er sich von seinem Sessel und schreitet mit zum Gebet gefalteten Händen auf das kleine Weinfass zu.

Die Lichter im Saal werden gedimmt, nur ein einzelner Spot ist auf das abgedeckte Fass gerichtet, in welchem der heurige Jungwein geduldig auf seine Namensgebung wartet. Weinpate, Abgeordneter Severin Plümpel, folgt Pfarrer Miroslav Jankovic auf die Mitte des Raumes zu, wo Hedwig Uhudler das karierte Geschirrtuch mit heftigem Ruck vom Fass zieht und über ihrem Kopf schwenkt.

Das Tuch, nicht das Fass! Die Blasmusik setzt ein und macht einen Heidenlärm, sodass man das eigene Wort kaum verstehen kann. Wie einstudiert legt Severin Plümpel eine Hand auf das Fass, während Hochwürden seine erhebt und dabei ausgiebig Weihwasser versprengt. Vorher hat er noch eine Stola über das Fass geschlungen, um die feierliche, liturgische Handlung zu unterstreichen.

»Herr, segne diesen Wein!«

Ein weiterer Schwall Weihwasser landet in der Menge. Pfarrer Miroslav Jankovic geht heute Abend sehr großzügig damit um, wahrscheinlich übernimmt die Kosten dafür neben seiner Einladung zum Festessen ebenfalls der Weinbauverein. Dann spricht er salbungsvoll und ehrfürchtig mit gefalteten Händen einige Bibelzitate, ehe er mit

»Ich taufe dich auf den Namen Severin« endet.

Ein letzter Spritzer Weihwasser, der unmittelbar neben Hedwigs Gesicht landet, beduftet die Luft, dann ist die Zeremonie beendet. Der Verkostung des Jungweines mit anschließendem Festschmaus steht nichts mehr im Wege.

Die Klein Schiesslinger Blasmusikkapelle macht sich neuerlich lautstark bemerkbar und übertönt das heillose Geschnatter und Sesselrücken der Besucher, denen vom langen Sitzen auf den unbequemen Holzsesseln nicht nur die Beine eingeschlafen sind. Einige stehen mit halbvollen Gläsern in Gruppen beisammen und debattieren über dies und das, andere stapfen durch die offene Tür ins Freie und stieren in den nachtschwarzen Himmel. Den Nebel hat ein leichter Wind vertrieben, und eine kleine Mondsichel hängt über der Kirchturmspitze.

Schreiners wachsame Augen wandern über den menschlichen Ameisenhaufen, sind fast überall gleichzeitig, trotzdem entgeht ihm eine Kleinigkeit!

Herr und Frau Krügerl balancieren, gefolgt von zwei Serviererinnen in bunten Dirndln, Teller mit knusprig gebratenen Ganseln, Rotkraut und deftigen Semmelknödeln in den Saal, wo sich augenblicklich ein herrlicher Essensduft wie ein Schleier über die Gäste legt, die sofort ihre Unterhaltung einstellen und unter heftigem Gedränge zu ihren Plätzen eilen. Man will ja nicht zu spät kommen, womöglich ist das Gansel ausgekühlt oder überhaupt keines mehr da.

Kostproben des heurigen Jungweines werden verteilt. Zoe Rotkopf winkt kategorisch ab und bestellt stattdessen eine Flasche Mineralwasser.

»Ein Stilles, bitte!«

Der Dorfboss erhebt sein Glas und prostet Abgeordnetem Severin Plümpel zu, der nach der anstrengenden Zeremonie wieder auf seinem Sessel Platz genommen hat. Ein Tusch der Blasmusikkapelle dröhnt durch den Saal. Der junge Rudi Stiefel gibt an der Trompete sein Bestes. Er wurde seinerzeit von

Franz Pfaffenbichler ins Team geholt und hat sich mittlerweile zu einem der besten Bläser der Klein Schiesslinger Blasmusik- kapelle gemausert.

KAPITEL 6

»Hast du das gesehen?« Ich stupse Annerl in die Seite. »Diese Zoe Rotkopf flirtet mit dem Plümpel seinem Assistenten.«

Annerl Passer neigt ihren Kopf und flüstert, allerdings so laut, dass es Inspektor Schreiner und Sepp Tauber am Nebentisch hören können: »Fällt mir schon die ganze Zeit auf, dass dieser Vogel … wie heißt der gleich?«

»Der Vogel heißt Schreivogel. Tobias Schreivogel.«

»Genau! Dass dieser Schreivogel und der Rotschopf a Pantscherl mitanand haben. Sieht doch a Blinder mit Krücken, wie die sich anschaun!«

Nicht nur Inspektor Julius Schreiner und Polizist Sepp Tauber stellen ihre Ohren auf Empfang, schenken Annerl und mir höchste Aufmerksamkeit und mustern Plümpels Sekretär. Auch Hedwig Uhudler, die bis jetzt erschöpft neben ihrem Mann am Ende der langen Festtafel gesessen ist, springt auf und eilt an unseren Tisch.

»Sei ruhig, Annerl«, zischt sie. »Wenn das der Herr Abgeordnete hört …«

»Glaubst du, der weiß des net?«, empört sich Annerl lautstark.

Berta Pitzer flitzt schnellen Schrittes zur Unterstützung heran und lässt sich kopfschüttelnd auf den freien Sessel neben mir fallen.

»Nicht so laut, Annerl«, pfaucht sie. »Was die hier machen, geht uns nix an! Hast du mich verstanden?«

Unsere Dorftratschen öffnet den Mund, will eine weitere Stichelei von sich geben, hebt dabei ihr Glas, um ihre Meinung zu unterstreichen, wird aber zum Glück von Frau Krügerl daran gehindert. Diese flattert im Eiltempo mit einem großen Teller voll Gansel und Rotkraut an unseren Tisch.

»Sei ruhig, Annerl, und iss!«, flüstert sie.

Ein zweiter vollbeladener Teller landet vor mir auf dem Tisch. Augenblicklich zieht herrlicher Bratenduft in meine Nase und schon sind mir alle Rotköpfe und Charmeure dieser Welt wurscht. Ich nicke Hedwig und Berta zu, die zurück auf ihre Plätze marschieren, weil der nächste Schwung Essen auf die Festtafel zurollt. Wahrscheinlich hat Frau Krügerl uns etwas früher bedient, weil sie hoffte, dass Annerl wenigstens beim Essen die Klappe hält.

Tobias Schreivogel, der am Nebentisch von Inspektor Julius Schreiner sitzt, streicht über seinen Dreitagebart und tauscht weiterhin unmissverständliche Blicke mit Zoe Rotkopf, obwohl er, da bin ich mir sicher, Annerls Bemerkungen gehört hat.

Allerdings kann ich die junge Frau gut verstehen. Dieser Tobias Schreivogel ist wirklich ein fescher Kerl und wäre für manche Frau eine Sünde wert. Seufzend widme ich mich meinem Teller und beobachte aus den Augenwinkeln, wie Dorfboss Alfons Pummerl bedächtig sein Glas erhebt und Severin Plümpel schon wieder zuprostet.

Damit lenkt er ihn von dem Geschehen ab. Ganz sicher ist dem Abgeordneten der Blickkontakt zwischen Zoe und seinem Assistenten nicht entgangen. Ich bezweifle allerdings, dass unser Herr Bürgermeister mit Absicht gehandelt hat. Wahrscheinlich hatte er nur Durst und suchte einen Kumpel zum Trinken.

In den folgenden Minuten ist außer Besteckgeklapper und Gläserklirren nichts zu hören. Der üppige Festschmaus, zu dem Frau Krügerl in ihrer Küche alle Register gezogen hat, ist im vollen Gange. Und da alle Gäste diesem vorzüglichen Essen ihre volle Aufmerksamkeit widmen, wurde die feuchtfröhliche Unterhaltung vorübergehend eingestellt.

Alle haben nur Augen für ihre Teller und das, was darauf liegt. Hie und da ist ein zufriedenes Schmatzen zu hören. Selbst Inspektor Julius Schreiner isst andächtig mit gesenktem Kopf und hat seine Umgebung ausgeblendet. Hat er sich doch, als er die Einladung zu dieser Weintaufe erhielt, auf das gebratene Gansel mit Rotkraut und Knödel, das in der Einladung angekündigt wurde, gefreut.

Seine Frau Juliane hätte ihm das nie gekocht, weil es ihrer Meinung nach viel zu viele Kalorien und noch mehr Cholesterin enthält. Sepp Tauber wirft einen Blick an unseren Tisch, zwinkert mir zu und dreht dann seinen Kopf auf die andere Seite. So entgeht ihm nicht, dass Tobias Schreivogel sein Handy ans Ohr presst, schweigend eine Weile zuhört, langsam aufsteht und den Saal verlässt.

Zoe Rotkopf verfolgt ihn mit den Augen. Wo will er denn hin? Sie versucht ebenfalls aufzustehen, wird allerdings von Gemeinderat Hubert Burgunder daran gehindert, der sie genau in diesem Moment anspricht. Unwillig dreht sie ihm ihren Kopf zu und lächelt gezwungen, um gleich darauf wieder die offene Tür zu fixieren, durch die Tobias Schreivogel entschwunden ist.

Langsam wendet sich Zoe Rotkopf von Gemeinderat Hubert Burgunder ab, legt Messer und Gabel auf den kaum berührten Teller, betupft mit der Papierserviette, in die das Besteck eingerollt war, ihren Mund, drückt leicht den Arm ihres Angetrauten und flüstert ihm etwas ins Ohr. Dann verlässt sie den Tisch. Gleich darauf huscht sie aus dem Saal, was sicher nur wenigen aufgefallen ist, denn einschließlich Hochwürden sind alle tief über ihre Teller gebeugt und schmatzen genussvoll vor sich hin.

Zoe Rotkopf sieht Tobias Schreivogel neben dem Brunnen mit einer dunklen Gestalt in ein heftiges Gespräch verwickelt. Da sie sich nicht vorstellen kann, mit wem Tobias sich hier am Arsch der Welt treffen wollte, bleibt sie in einiger Entfernung stehen und hört aufmerksam zu.

»Du sollst das sofort erledigen …«

Interessiert will sie dem Gespräch der beiden lauschen, doch eine Eule über ihr im Baum schreit plötzlich so laut, dass sie kein weiteres Wort verstehen kann. Blödes Vieh, denkt sie und wirft einen bösen Blick in die Baumkrone, was allerdings nichts nützt. Das Gespräch zwischen Tobias Schreivogel und dem Unbekannten ist weitergegangen.

»… doch nicht jetzt!«, hört sie nun den Unbekannten zischen, bei dem es sich eindeutig um einen jungen Mann handelt, was Zoe an der Stimme erkennen kann. Dabei wendet er langsam seinen Kopf und blickt genau in ihre Richtung. Sie erschrickt, zieht sich tiefer in den Schatten des Baumes zurück und hält den Atem an.

Hoffentlich hat er sie nicht bemerkt. Ihre Anwesenheit hätte sie schwerlich erklären können. Zu allem Überdruss beginnt es jetzt auch noch zu regnen. Schützend legt sie beide Arme um die Schultern. Die dünne Bluse bietet weder gegen die novemberliche Kälte noch gegen den einsetzenden Regen Schutz, und ihre Jacke hängt im Saal über dem Sessel. Sie schüttelt sich.

Am liebsten ginge sie zurück an den Tisch, doch andererseits will sie wissen, was hier vor sich geht. Wer ist der fremde Mann? Was hat er mit ihrem Freund zu schaffen? Hat Tobias Geheimnisse vor ihr? Während sie weiterhin die beiden beobachtet, taucht Sepp Tauber hinter ihr auf und berührt leicht ihren Arm. Sie erschrickt und dreht sich mit aufgerissenen Augen zu ihm um.

»Leise! Ich bin Polizist!« Da er seine Uniform trägt, hätte er sich diese Feststellung sparen können.

»Was wollen Sie?«, zischt Zoe Rotkopf und hält die Hand vor den Mund.

»Dasselbe wie Sie! Ich will wissen, worüber die beiden sprechen.«

Aha!

Kurz zuvor fiel Sepp Tauber ein Mann auf, der zuerst Richtung Toilette ging, kurz davor umkehrte und, nachdem er sich prüfend umgeschaut hatte, durch die Tür ins Freie verschwand. Und das hat seine polizeiliche Neugier geweckt.

»Warum interessiert Sie das?«, flüstert sie und lässt Tobias Schreivogel nicht aus den Augen. Sepp Tauber antwortet nicht. Er lauscht, doch leider unterhalten sich die beiden nun so leise, dass nichts zu verstehen ist.

Im Saal herrscht währenddessen Bombenstimmung.

»Prost, Rudi!«, plärrt Oberjägermeister Hans Sachenberger quer über die Tische und hebt sein Glas. Der Musiker der Blaskapelle, Rudi Stiefel, hebt anstelle seines leeren Glases, das zu seinen Füßen steht, die Trompete und bläst hinein. Dafür erntet er heftigen Applaus. Einige Gäste spornen ihn an, noch mehr von sich zu geben, worauf die zünftigen Burschen zu ihren Instrumenten greifen.

»Prost!« Hans Sachenberger muss schon ordentlich schreien, um den Lärm zu übertönen. Nach einem Marsch legen die Musiker ihre Instrumente ab, greifen nach ihren leeren Gläsern und halten sie in die Höhe. Daraufhin schnappt der Oberjägermeister eine volle Karaffe mit Jungwein vom Tisch und marschiert auf die Musiker zu.

»Her mit den Gläsern. Das ist ja nicht zum Anschauen!«

»Genau!«, schreit Rudi Stiefel. »Ein Trinkgefäß, sobald es leer, macht keine rechte Freude mehr!«

Die Tochter von Hedwig und Günter Uhudler, die mit ihrem Mann eigens aus Salzburg angereist war, lacht.

»Bist du neuerdings unter die Dichter gegangen, Rudi?«

Die beiden kennen sich seit ihrer gemeinsamen Schulzeit.

»Nein«, lacht Rudi Stiefel. »Ist nicht von mir. Ist von Wilhelm Busch.«

Es ist kalt und Zoe Rotkopf beginnt in ihrer dünnen Bluse zu frösteln. Sepp Tauber nimmt sie beim Arm und zieht sie mit sich in den Saal zurück. Das Lauschen hat leider nichts gebracht. Drinnen werden sie von lauter Musik empfangen, welche die Essensgeräusche übertönt. Die Klein Schiesslinger Blasmusikkapelle legt einen Zahn zu, schließlich will sie das vorgesehene Programm abspielen, um sich dann endlich auch dem Essen widmen zu können. Nur vom Duft von Frau Krügerls Kreationen werden die strammen Burschen nicht satt!

Nachdem Zoe Rotkopf hinter ihrem Platz zwischen ihrem Mann und Hubert Burgunder zu stehen gekommen ist, zieht sie ihre Jacke vom Sessel, schlüpft hinein und setzt sich. Sie greift nach ihrem Wasserglas und bemerkt, dass es leer ist. Ihr Mann schiebt ihr sein Weinglas zu und sie trinkt daraus.

Das Gansel samt Rotkraut und Knödel ist in der Zwischenzeit kalt geworden. Zoe stochert es an den Tellerrand. Dann macht sie einen weiteren Schluck aus dem Weinglas ihres Mannes und hält Ausschau nach Tobias, der mittlerweile wieder an seinem Tisch sitzt und ihr zublinzelt. Plötzlich verdreht sie die Augen, sackt nach vorn und ihr Kopf mit der roten Mähne landet auf dem Gansel mit Rotkraut. Ihr Mann verzieht verächtlich den Mund, will etwas sagen, doch Gemeinderat Hubert Burgunder ist schneller.

»Hallo! Was ist mit Ihnen?«

Keine Antwort!

Zoes Kopf bleibt stumm auf dem Teller liegen. Hubert Burgunder wird nervös. Ein weiteres »Hallo« lässt die junge Frau unbeantwortet. Auch Hedwig Uhudler und Sepp Tauber ist der Zwischenfall nicht entgangen. Zeitgleich springen sie auf und eilen an den Tisch. Abgeordneter Severin Plümpel will seine Frau an den Schultern packen, was der Gemeindeärztin, die gegenübersitzt, nicht gefällt.

Sie lässt ihr Besteck fallen, sprintet um den Tisch herum, zwängt sich am Dorfboss vorbei und steht auch schon hinter der Frau. Energisch schiebt sie den Abgeordneten beiseite, der sie mit aufgerissenen Augen anstarrt. Dann fühlt sie Zoes Puls. Erst am Handgelenk, danach am Hals, dann schüttelt sie den Kopf.

Inspektor Julius Schreiner, der auf den Zwischenfall aufmerksam wurde, bahnt sich mit heftigen Armbewegungen einen Weg durch das Menschengewimmel, das durch den Aufruhr in der Mitte der Tafel entstanden ist. Hubert Burgunder und Heinrich Silvaner tauschen fragende Blicke, und Gemeinderat Michael Rieslinger wendet sich dem zu Hilfe eilenden Günter Uhudler zu. Beide bleiben hinter dem Bürgermeister stehen, der sich langsam, schnell geht bei Pummerl überhaupt nichts, umsieht und nicht weiß, wie ihm geschieht. Die Klein Schiesslinger Gemeindeärztin ist tief über Zoe Rotkopf gebeugt, nimmt deren Gesicht in Augenschein, dann dreht sie sich zu Schreiner um, der unmittelbar hinter sie getreten ist.

»Sie ist tot«, flüstert sie ihm ins Ohr. »Und hier stimmt etwas nicht!«

Verdattert mustert sie der Inspektor.

»Wie bitte?«

»Hier stimmt etwas nicht«, wiederholt sie leise, woraufhin Schreiner Sepp Tauber anschnauzt, der mit Hedwig Uhudler in der Menschenmenge auftaucht.

»Haben Sie gehört, hier stimmt etwas nicht! Lassen Sie sofort den Saal sperren und holen Sie Kollegin Bauer zur Unterstützung! Rufen Sie die Spurensicherung und Dr. Weinzierl an, der soll sich die Frau anschauen. Hier stimmt etwas nicht«, wiederholt er die Worte der Gemeindeärztin, der er einen misstrauischen Blick zuwirft, was angesichts der Lage nicht gerechtfertigt erscheint.

Resigniert zuckt er mit den Schultern und sieht sich hektisch um.

Severin Plümpel ist in sich zusammengesunken, hält beide Hände vors Gesicht gedrückt und stöhnt. Schreiner wundert sich. Ein Politiker, der sich in so einer Situation stumm verhält, ist ihm suspekt. Als wenn Severin Plümpel seine Gedanken erraten hätte, springt er plötzlich schreiend auf und will sich auf seine Frau stürzen, was die Gemeindeärztin, die noch immer hinter Zoe Rotkopf steht, im letzten Moment verhindern kann.

Es herrscht allgemeine Aufregung, nur der Dorfboss sitzt behäbig am Tisch und verfolgt mit seinen Schweinsäuglein das Geschehen um ihn herum. Die Tatsache, dass direkt neben ihm eine tote Frau liegt, muss erst einmal in seinen hintersten Gehirnwindungen ankommen. Und dass er keine Fragen zum Wieso und Warum stellt, immerhin ist er Dorfoberster von Klein Schiessling, wundert auch niemanden.

An der Festtafel sitzen nur noch wenige Gäste. Die meisten stehen heftig diskutierend in der Mitte des Saals und einige scharen sich um das Fass mit dem gesegneten Wein. Auch Pfarrer Miroslav Jankovic gesellt sich dazu. Schreiner hat ihn kalt abserviert, als er der Verstorbenen Gottes Segen spenden wollte. Tobias Schreivogel, der Zoe anmerkte, dass etwas nicht stimmt, wollte ihr zu Hilfe eilen, wird jedoch von Sepp Tauber gestoppt. Ansonsten herrscht ein riesiges Gewusel unter den Gästen. Schreiner hat den Überblick verloren.

Trotzdem fällt ihm etwas später ein Mann auf, mit dem Sepp Tauber heftig debattiert. Es sieht so aus, als wollte der Mann den Saal verlassen, was wiederum Berta Pitzer auf den Plan ruft. Tauber gelingt es, den Mann auf einen Sessel zu bugsieren, während Annerl Passer ihrer Freundin Berta Pitzer zu Hilfe eilt. Zu zweit beruhigen sie die aufgescheuchten Gäste und sperren den Saal vorübergehend ab.

Nun atmet Inspektor Julius Schreiner erleichtert auf. Endlich einmal eine Situation, in der er den Klein Schiesslingerinnen dankbar für ihr spontanes Eingreifen ist. Sonst hält er nicht viel von ihnen, weil sie ihre Nasen, wo immer es geht, in seine Ermittlungen stecken und kräftig nerven.

Nachdem der Saal gesichert ist, wendet er sich dem Abgeordneten zu.

»Was genau ist passiert?«

Severin Plümpel seufzt, stöhnt und schüttelt langsam den Kopf.

»Ich weiß es nicht. Ich habe nur gesehen, wie Zoes Kopf plötzlich auf den Teller gefallen ist.«

Er rauft sich die Haare und deutet auf die Gemeindeärztin.

»Wieso behauptet diese Frau, Zoe sei tot?«

Der Inspektor geht nicht auf seine Frage ein. Er weiß, dass Angehörige in Schocksituationen unlogisch reagieren. Warum sollte ein Politiker da eine Ausnahme machen?

»Also! Was ist passiert?«, wiederholt er. »Und erzählen Sie mir nicht, Sie hätten nichts gesehen. Sie sitzen unmittelbar daneben. Da muss Ihnen aufgefallen sein, warum Ihre Frau plötzlich auf den Teller gesackt ist!«

Er drückt den Dorfboss, der sich verdattert erheben will, zurück auf den Sessel.

»Setzen Sie sich! Erzählen Sie mir anstelle des Herrn Abgeordneten, was geschehen ist, anstatt im Weg herumzustehen und meine Arbeit zu erschweren.«

Bürgermeister Alfons Pummerl lässt sich bequemlichkeitshalber zurück auf seinen Sessel fallen, aber zu erzählen hat er nichts. Schon gar nicht, wenn man in einem derartigen Befehlston mit ihm spricht. Immerhin ist er Bürgermeister von Klein

Schiessling, Lokalpolitiker, und damit eine Respektsperson. Und so will er auch behandelt werden! Wie eine Respektsperson! Während er überlegt, ob er auf diese Frage überhaupt antworten soll, greift er vorerst einmal nach seinem Glas und leert es langsam und genussvoll bis zum letzten Tropfen. Dann nuschelt er: »Ich weiß nix.«

Das bringt Inspektor Schreiner auf die Palme. Was allerdings nichts nutzt, denn wenn man es genau betrachtet, weiß Pummerl nie etwas. Und wenn doch, behält er es für sich, um es, wenn nötig, zu einem späteren Zeitpunkt für seine Zwecke zu verwenden.

Kapitel 7

Der Pathologe Dr. Heribert Weinzierl ist mit seiner vorläufigen Untersuchung fertig.

Am Tisch sitzt niemand mehr. Sowohl der Abgeordnete Severin Plümpel als auch Hochwürden und Bürgermeister Pummerl mussten das Feld räumen. Die hatte Sepp Tauber höflich, aber bestimmt weggeschickt, um ungestört arbeiten zu können.

»Sie muss in die Gerichtsmedizin!«, sagt Dr. Weinzierl und hebt stöhnend seine schwere Tasche auf, die unter dem Tisch steht. Für seine Größe mit ungefähr einen Meter sechzig trägt er viel zu viel Fett auf den Rippen, deshalb lässt ihn die geringste körperliche Betätigung aufstöhnen. Ein bisserl Sport und weniger essen würden ihm auf jeden Fall guttun.

»Vermuten Sie, dass es sich um keinen natürlichen Tod handelt?«, fragt Schreiner und legt seine Stirn in Falten.

Dr. Heribert Weinzierl verzieht genervt den Mund.

»Herr Inspektor! Meine Vermutungen bringen Sie und mich nicht weiter. Warten Sie ab. Nach der Obduktion wissen wir beide mehr!«

»Aber irgendetwas werden Sie mir doch jetzt schon sagen können!« Schreiner bringt kein Verständnis für das ablehnende Verhalten des Pathologen auf. »Hatte sie einen Herzinfarkt? Oder haben Sie Hinweise auf Fremdverschulden, wie äußere Verletzungen oder Ähnliches, gefunden? Irgendetwas werden Sie mir doch vorerst einmal sagen können!«

»Ich glaube nicht, dass sie an einem Herzinfarkt gestorben ist«, mischt Sepp Tauber sich ein, der unbemerkt zu den beiden getreten ist. »Als ich mit ihr draußen beim Brunnen gesprochen habe, schien sie mir völlig gesund. Nicht das geringste Anzeichen einer Herzschwäche. Ob es allerdings äußere Verletzungen gibt, kann ich nicht sagen. Vor ein paar Minuten hatte sie jedenfalls noch keine.«

»Und was hatten Sie mit ihr beim Brunnen zu schaffen, Tauber?«, motzt Schreiner. »Sie können sich doch nicht mit der Frau eines Abgeordneten zum Tête-à-Tête verabreden! Rufen Sie lieber Angela Bauer zu Hilfe, damit wir hier klarkommen.«

Was Tauber unverzüglich macht.

Danach überlegt er, wie er diesem kleinkarierten Anzugträger sein Zusammentreffen mit Zoe Rotkopf erklären soll.

»Herr Inspektor, das war so. Mir ist aufgefallen, dass sich ein Mann auffällig verhalten hat. Der war schlank, groß, etwa so groß wie Tobias Schreivogel, ungefähr Mitte dreißig, blonde, kurzgeschnittene Haare mit kleinem Oberlippenbart. Zuerst ging er Richtung Toilette, kehrte knapp davor um und eilte aus dem Saal. Kurz darauf erhielt Tobias Schreivogel, das ist der Sekretär des Abgeordneten …« »Ich weiß, wer das ist«, blafft Schreiner dazwischen.

»Also«, Tauber lässt sich nicht irritieren, »Tobias Schreivogel erhielt einen Anruf und verließ ebenfalls den Saal. Kaum war er draußen, stand auch Zoe Rotkopf auf und folgte den beiden. Mir ist aufgefallen, dass sich die Frau des Abgeordneten und Tobias Schreivogel nahestehen müssen.«

»Die Gattin des Abgeordneten hatte einen Freund? Und das ist dieser Schreivogel? Wie kommen Sie denn auf diese absurde Idee?«

»Ich habe sie beobachtet. Sie hat mit Tobias Schreivogel eindeutige Blicke gewechselt.«

»Und warum weiß ich davon nichts?«, schmettert Schreiner los.

»Vielleicht, weil Sie zu sehr mit ihrem Gansel beschäftigt waren?«

Inspektor Schreiner schluckt den Vorwurf hinunter.

»Sie behaupten also, dass der Sekretär, oder Chauffeur, oder was auch immer, der Liebhaber der Gattin des Abgeordneten Severin Plümpel ist?«

»War, Herr Inspektor. War! Jetzt ist er es nicht mehr. Sie ist ja tot.«

Verärgert und ungehalten stampft Schreiner mit dem Fuß auf.

»Und, weiter?«

»Ich habe die beiden beobachtet. Und als ich gesehen habe, wie Zoe Rotkopf hinter Schreivogel den Saal verlässt, bin ich ihr gefolgt. Tobias Schreivogel hat sich mit diesem Mann, der mir zuvor aufgefallen ist, unterhalten und Zoe Rotkopf hat die beiden belauscht. Es war also kein Tête-à-Tête, wie Sie so schön gesagt haben, Herr Inspektor«, rechtfertigt er sich, »sondern reine polizeiliche Neugier.«

Aha!

»Und dabei sind Sie der Frau so nahegekommen, um feststellen zu können, dass sie weder einen Herzkasperl erlitten haben kann noch äußere Verletzungen aufweist?« Schreiner ist wütend. »Fragen Sie lieber die Leute im Saal, ob sie etwas gehört oder gesehen haben. Dann nehmen Sie die Personalien auf und schmeißen alle raus!«

Tauber wendet sich nickend ab und schaut Richtung Tür, wo soeben seine Kollegin Angela Bauer von Berta Pitzer eingelassen wird. Er eilt ihr entgegen.

»Du kommst gerade recht, Angela. Wir sollen die Personalien von allen Anwesenden im Saal aufnehmen und fragen, ob sie was gesehen haben.«

Angela Bauer lacht. Schon am Telefon hat sie ihr Kollege über das Chaos im Kulturhaus informiert.

»Von allen? Da brauchen wir ja bis morgen!«

»Ah, die Kollegin Bauer ist auch schon da?«, bemerkt Schreiner süffisant. »Dann können Sie sich gleich mit Tauber um diesen Haufen hier«, er zeigt mit ausgestrecktem Arm in den Saal, »kümmern.«

Der Pathologe Dr. Heribert Weinzierl winkt Angela Bauer zu und zwängt sich mit seiner schwarzen Arzttasche ächzend zwischen den Gästen durch Richtung Ausgang. Dieser Schreiner, denkt er verärgert, glaubt immer, ich kann hexen. Und Hellseher bin ich auch keiner! Soll er doch warten, bis ich mit meiner Untersuchung fertig bin. Murrend geht er auf die Tür zu, die ihm Berta Pitzer öffnet, um sie hinter ihm sofort wieder zu versperren, was aber nicht geht, weil die Männer der Spurensicherung in weißen Overalls aus dem Dunkeln auftauchen und in den Saal drängen.

»Guten Tag, die Herren!«, grüßt sie freundlich, lässt die Männer ein, und versperrt nun endgültig die Tür zum Festsaal. Wer weiß, was sonst noch für Gestalten herein- oder gar hinauswollen. Mit Schreiner will sie es sich nicht verscherzen. Oft genug schon hat er sie getadelt, obwohl sie es immer gut gemeint hat. Sie kann ja schließlich nichts dafür, wenn er alles, was sie sagt, oder macht, in den falschen Hals bekommt oder gegenteilig interpretiert.

Ein paar Stunden später haben Angela Bauer und Sepp Tauber die Personalien aller Gäste der diesjährigen Klein Schiesslinger Weintaufe, einschließlich der Wirtsleute und deren Personal, aufgenommen, die Besucher heimgeschickt und stehen jetzt erschöpft neben Inspektor Schreiner.

Außer ihnen sind nur noch der Dorfboss von Klein Schiessling, Bürgermeister Alfons Pummerl, der nichts gesehen hat außer seiner Portion Gansel auf dem Teller, Abgeordneter Severin Plümpel sowie dessen tote Frau anwesend. Pfarrer Miroslav Jankovic verließ vor wenigen Minuten mit zum Gebet gefalteten Händen, einen Weihrauchschweif hinter sich herziehend, gemeinsam mit der Gemeindeärztin den Saal. Zutiefst beleidigte ihn der Inspektor, weil er ihm den Abschiedssegen für Zoe Rotkopf mit der Bemerkung »Dafür haben wir jetzt keine Zeit« verwehrte.

»Herr Abgeordneter!«, wendet er sich Severin Plümpel zu. »Ihnen muss doch irgendetwas aufgefallen sein! Ist Ihrer Frau plötzlich schlecht geworden, hat sich ihr jemand genähert, sich verdächtig verhalten, oder hat sie etwas gesagt, was ihren plötzlichen Tod erklären könnte? Hatte sie mit jemandem Streit?«

Schreiner rauft sich die Haare. Da sitzen die zwei nebeneinander am Tisch, rundherum weitere hundertfünfzig Besucher, oder mehr, und keiner hat etwas gesehen oder gehört.

Es muss doch einen Grund dafür geben, warum diese Frau plötzlich tot umfällt.

Eine Weile herrscht Schweigen, bis Dorfboss Alfons Pummerl, der an dem leeren Tisch beim Fenster sitzt, nachdem ihn Schreiner von der Tafel verscheucht hatte, sein Glas geräuschvoll von sich schiebt und aufsteht.

»Brauchen Sie mich noch, Herr Inspektor?«, nuschelt er. »Wenn nicht, gehe ich jetzt. Sie wissen ja, wo Sie mich finden.«

Ohne Schreiners Antwort abzuwarten, stapft er auf die Tür zu, die wieder offensteht, nachdem alle Personalien der Gäste aufgenommen wurden, und verschwindet hinter dem Brunnen im Nebel.

»Ich hasse diese Dörfler!« Schreiner blickt ihm hinterher, dann wendet er sich dem Abgeordneten zu.

»Sie haben also keine Erklärung für den Tod Ihrer Frau?«

Severin Plümpel schaut zu Boden.

»Nein! Ich kann mir das alles nicht erklären und mir ist auch nichts aufgefallen. Aber«, er senkt die Stimme, »ist Ihnen, Herr Inspektor, schon die Idee gekommen, dass es sich um einen Anschlag gehandelt haben könnte, der eigentlich mir gelten sollte?«

Das haut den Inspektor aus den Latschen. Er braucht Zeit, bis er das eben Gehörte verarbeitet und seine Fassung wieder erlangt hat.

»Wie kommen Sie darauf?«, blafft er, presst die Lippen zusammen und ballt die Hand zur Faust.

Severin Plümpel hebt den Kopf und streicht selbstgefällig über seine Schläfen.

»Überlegen Sie doch einmal.«

Diese Äußerung ärgert Schreiner. Auch ein Politiker hat ihm nicht vorzuschreiben, wann und was er zu überlegen hat.

»Sollte meine Frau keines natürlichen Todes gestorben sein«, spricht Severin Plümpel weiter, ohne Schreiners Antwort abzuwarten, »was ich mir allerdings nicht vorstellen kann, hätte der Anschlag, wenn es denn einer war, ebenso mir gelten können. Immerhin hat meine Frau aus meinem Weinglas getrunken.«

Schreiner ist perplex.

»Sie glauben«, fragt er ironisch, »dass Ihre Frau vergiftet wurde? Das ist hochinteressant. Wie kommen Sie darauf?«

Ein leichtes Zucken, danach hat sich der Abgeordnete unter Kontrolle.

»Wäre doch möglich, Herr Inspektor. Keine Anzeichen einer äußeren Gewaltanwendung, Zoe war gesund, was hätte es sonst sein sollen?«

Der Kerl gefällt mir nicht, denkt Schreiner. Nein, der gefällt mir überhaupt nicht. Diese Selbstgefälligkeit! Und diese absurde Idee, die er ihm gerade aufgetischt hat.

Severin Plümpel, der neben Schreiner gestanden hatte, setzt sich auf Pummerls Platz und streicht seine Hose glatt, was Schreiner ebenfalls missfällt.

»Das werden wir ja bald wissen«, pfaucht er. »Die Spurensicherung hat alle wichtigen Utensilien zur Untersuchung mitgenommen.«

Was dem Abgeordneten nicht entgangen sein dürfte, immerhin hat er die Männer bei ihrer Arbeit konzentriert beobachtet. Wirkt er jetzt ängstlich, überlegt Schreiner. Er hebt die Schultern, lässt sie wieder fallen und schüttelt den Kopf. Diese Politiker sind schwer zu durchschauen! Mit allen Wassern gewaschen und um keine Antwort verlegen. Außerdem haben sie die besten Anwälte zur Hand, welche sie in null Komma nix heraushauen, sollte es notwendig sein.

Seine Fäuste krampfen sich zusammen. Kann er dem Kerl trauen? Nein! Viel lieber wäre ihm, sein Chef würde die Befragung fortführen. Sollte Plümpel etwas in den falschen Hals geraten, wäre der Chef schuld und nicht er. Haareraufend überlegt er, wie es sich eigentlich mit deren Immunität verhält? Darüber müsste man sich schlau machen. Sicherheitshalber wird er sich erst einmal mit diesem Sekretär, Tobias Schreivogel, unterhalten.

Da liegt das berüchtigte Fettnäpfchen, in das er treten könnte, nicht so nah. Er lässt den Abgeordneten sitzen und geht, gefolgt von Tauber, auf Tobias Schreivogel zu. Doch aus ihm bringt Schreiner kein klares Wort heraus. Durch Zoe Rotkopfs Tod ist er viel zu sehr durcheinander, um klar denken zu können. Schreiner müsste viel geduldiger mit ihm umgehen, leider kommt das Wort ‚Geduld‘ in seinem Vokabular nicht vor. Weder mit seiner derben Art noch mit seiner Hektik kann er diesen offensichtlich verzweifelten Menschen zum Reden bringen. Deshalb gibt er nach einigen Versuchen auf und schickt ihn weg.

»Nichts zu machen!«, knurrt er verärgert Sepp Tauber an.

»Vielleicht, Herr Inspektor, haben wir Glück, wenn wir den Aussagen der Personen nachgehen, die Angela und ich befragt haben.«

Doch da irrt Tauber!

Schreiner marschiert auf seinen Einzeltisch bei der Tür zu. Der Teller mit den Essensresten wurde in der Zwischenzeit abgeräumt, aber die fürsorgliche Wirtin hat ihm den Rest des Gansels in Alufolie verpackt und auf den Tisch gelegt.

Wenigstens etwas!

KAPITEL 8

Annerl Passer, Berta Pitzer, Hedwig Uhudler und ich lehnen vor dem Tröpferlbrunnen an der Hauswand und ringen um Fassung. Nicht zu glauben, dass bei unserer Weintaufe, einem friedlichen Fest, ein Mord geschehen konnte. Denn davon gehen wir aus. Keine von uns hegt auch nur den geringsten Zweifel daran. Warum sollte eine junge Frau wie Zoe Rotkopf so plötzlich ihren Kopf in den Teller legen und den Löffel abgeben? Annerl Passer reibt sich die Hände.

»Jetzt gibt's Arbeit.« Dabei grinst sie wie ein frischlackiertes Hutschpferd. Mahnend schaue ich sie an.

»Was ist? Stimmt doch! Oder glaubst du, dass dieser kleine Inspektor diesmal was zammbringt? Bis jetzt ham doch immer wir alles aufg'klärt!«

Berta und ich stöhnen laut, nur Hedwig lächelt. Sie weiß, dass jeglicher Einwand sinnlos wäre. Was sich Annerl einmal in den Kopf gesetzt hat, geschieht, ohne Rücksicht auf Verluste. Da nützt auch kein Stöhnen, damit muss man sich abfinden. Schlimm ist nur, dass wir uns bisher dabei meistens in die Nesseln gesetzt haben, was Annerl aber egal ist. Man hat sogar den Eindruck, dass es ihr Spaß macht, sich in ein weiteres Abenteuer zu stürzen und damit den Inspektor zu ärgern.

Aus dem Saal dringt Schreiners genervte Stimme und uns nähert sich Tobias Schreivogel, der herzzerreißend den Namen Zoe in sein blütenweißes Taschentuch schluchzt. Wir warten, dass er sich beruhigt, doch Hedwig kann das Häufchen Elend nicht ansehen, löst sich von der Wand, geht in den Saal und kommt mit einer Flasche Obstler und fünf gefüllten Stamperln auf einem Tablett zurück. Tobias Schreivogel greift sofort zu und kippt den Inhalt auf ex hinunter. Wir gönnen dem ausgezeichneten Obstbrand von Gemeinderat Michael Rieslinger wenigstens ein »Prost«, ehe wir ihn mit geschlossenen Augen genussvoll die Kehlen hinunterlaufen lassen.

»Ah!«

Tobias Schreivogel reicht Hedwig Uhudler sein leeres Glas.

»Danke! Das war gut.«

»Schon in Ordnung.« Sie tätschelt seinen Arm und schenkt nach.

Nachdem er auch sein zweites Stamperl gekippt hat, erzählt er uns ein bisschen von seiner Freundschaft mit Zoe Rotkopf.

»Vor ein paar Jahren haben wir uns auf einem Empfang kennengelernt, knapp bevor sie Severin Plümpel heiratete. Wir haben unsere Freundschaft geheim gehalten. Severin ist sehr eifersüchtig, deshalb wollte Zoe das so. Ehe sie ihn heiratete, arbeitete sie halbtags in einem Nagelstudio, ihr Einkommen war spärlich, deshalb wollte sie sich an der Seite des Abgeordneten ein bequemes Leben sichern. Wogegen nichts einzuwenden ist.« Er schnieft. »Jeder Mensch hat das Recht, sich sein Leben so angenehm wie möglich zu machen.«

Bis dahin konnten wir ihm folgen, doch nun wird seine Schilderung immer wirrer. Wir verstehen zwar die einzelnen Worte, aber nicht den Zusammenhang. Nicht einmal eine Andeutung, worum es ungefähr geht. Er redet und redet, sagt dabei aber nichts. Dann hält er unvermittelt inne, dreht sich weg und eilt Richtung Straße davon.

»Was hat er denn? Wo will er denn so plötzlich hin, mitten in der Nacht?«

»Keine Ahnung, Annerl«, raune ich. »Hast du mitgekriegt, was der zum Schluss gesagt hat?«

»Nein! Der hat nur g'schwollen daherg'red, aber nix g'sagt«, beschwert sie sich und schaut Berta an, die uns aufzuklären versucht.

»Das hat er wahrscheinlich von seinem Chef«, belehrt sie uns. »Politiker reden immer viel und sagen dabei nichts. Zusätzlich flechten sie den plötzlich hochgelobten Genderwahn ein, was die Sache für die, die ihnen zuhören müssen, nicht einfacher macht. Das hast du ja schon vorhin deutlich in der Begrüßungsrede unseres Bürgermeisters gehört.«

»Du meinst«, grinst Hedwig Uhudler verschmitzt, »wie Besucher und Besucherinnen, Mitglieder und Mitgliederinnen, Polizisten und Polizistinnen, Soldaten und Soldatinnen, Gäste und Gästinnen, Abgeordnete und Abgeordneterinnen ...«

»Hör auf!«

Ich halte mir die Ohren zu. Das ist ja nicht auszuhalten!

»Solche Deppen!«, platze ich heraus.

»Und Deppinnen«, ergänzt Annerl Passer mit erhobenem Zeigefinger.

LOL!

Unser trautes Beisammensein wird durch Inspektor Julius Schreiners plötzliches Auftauchen gestört. Er platzt in unsere Unterhaltung wie ein Regenguss in den Tropen.

»Aha!«, brüllt er. »Da sind Sie also, während ich drinnen auf Sie warte!«

»Aber ... aber ... wir ...«, stottere ich und schüttle verständnislos den Kopf. »Sie hätten uns nur holen müssen. Wir konnten doch nicht wissen, dass Sie mit uns reden wollen.«

»Jetzt wissen Sie es, Frau Weber! Kommen Sie mit! Alle vier.«

»Hier draußen an der frischen Luft ist es aber angenehmer als drinnen im Saal, noch dazu mit einer Leiche.«

Kaum habe ich zu Ende gesprochen, fährt ein schwarzer Kombi vor, zwei Pompfenederer springen heraus und eilen mit einem Blechsarg in den Saal.

Und Schreiner hinterher!

»Aha! Jetzt sind wir plötzlich nicht mehr wichtig?«

Berta Pitzer schaut mich an und zieht ihre Augenbrauen bis zum Haaransatz hinauf.

»Lass ihn doch«, meint Annerl Passer gelassen. »Jetzt ham ma wenigstens Ruh von ihm.«

Doch kaum stapfen die Sargträger mit ihrer Beute aus dem Saal, stürzt er sich schon wieder auf uns.

»Also! Los! Los! Rein mit Ihnen! Ich habe nicht ewig Zeit!«

Wenn er unbedingt will, denke ich ungehalten, machen wir ihm halt die Freude. Ich nicke Berta und Hedwig zu, schnappe Annerl beim Arm und ziehe sie in den Saal hinein.

Sepp Tauber und Angela Bauer haben sich links und rechts vom Abgeordneten Severin Plümpel postiert, der am Boden zerstört scheint. Zumindest macht er diesen Eindruck. Ebenso könnte er hervorragend schauspielern, wofür Politiker ja bekannt sind. Ohne theatralische Mimik wären deren Reden wenig überzeugend.

Schreiner steuert mit uns auf einen kleinen Tisch nahe der Tür zu.

»So, und jetzt will ich alles hören, was Ihnen während der Weintaufe aufgefallen ist.«

Er schnappt nach einem leeren Sessel und lässt sich ächzend zwischen Annerl und mich fallen.

»Also! Ich höre?«

»Herr Inspektor«, antworte ich genervt. »Fragen Sie einfach, was Sie wissen wollen, und wir werden Ihnen antworten.«

»Falls uns dazu was einfällt!«, fügt Annerl unnötigerweise hinzu, was Schreiner sauer aufstößt.

Ruhig Julius, ermahnt er sich und atmet tief durch. Wir beobachten ihn interessiert und plötzlich platzt Hedwig Uhudler heraus:

»Mir ist aufgefallen, dass der Herr Abgeordnete seine junge

Frau nicht aus den Augen gelassen hat. Einmal hat er sogar kurz Messer und Gabel weggelegt und sie eindringlich angeschaut.«

»Wann war das?«

»Ich glaube, das war kurz nachdem das Essen serviert wurde. Frau Krügerl hat die letzten Teller abgestellt, unser Bürgermeister hat sein Glas erhoben und allen zugeprostet, nur Zoe Rotkopf hat ihr Glas mit Wasser nicht angerührt.«

»Das ist alles?«

»Später ist mir noch aufgefallen, dass seine Frau ihm etwas zugeflüstert hat und aus dem Saal gegangen ist.«

Aber das ist für den Inspektor nicht neu. Auch Sepp Tauber hat ihn darüber informiert.

»Haben Sie bemerkt«, eindringlich mustert er uns der Reihe nach, »wann der Assistent des Abgeordneten, Tobias Schreivogel, ins Freie gegangen ist?«

»Natürlich haben wir das mitgekriegt«, wirft Berta Pitzer ein. »Gleich darauf ist doch Zoe Rotkopf und unmittelbar hinter ihr Sepp Tauber aufgestanden und ebenfalls hinausgegangen.«

»Warum fragen S' eigentlich nicht den Sepp, anstatt uns zu löchern?«

Annerl Passer geht der Inspektor sichtlich auf die Nerven.

Da brüllt Schreiner auch schon:

»Wie ich meine Arbeit zu machen habe, lassen Sie gefälligst meine Sorge sein. Sie haben nur auf meine Fragen zu antworten! Ist das klar?«

»In Ordnung!« Ich muss über seinen Wutausbruch lachen. »Soll ich jetzt auch noch salutieren und die Haken zusammenschlagen?«

Zum Glück wendet sich Angela Bauer in diesem Moment an ihn und verhindert dadurch eine Eskalation.

»Herr Inspektor, wir sind fertig. Brauchen Sie uns noch?«

Schreiner schiebt den Ärmel seines Sakkos zurück und wirft einen Blick auf seine Armbanduhr.

»Nein! Wir machen Schluss für heute.«

KAPITEL 9

Am nächsten Tag besprechen Inspektor Julius Schreiner und Chefinspektor Christian Fuchs den tödlichen Vorfall bei der Weintaufe.

Christian Fuchs, Chef der Abteilung, ist verheiratet, Ende fünfzig, im Gegensatz zu seinem Inspektor stets salopp mit Jeans und T-Shirt bekleidet und seine grauen Schläfen verleihen ihm einen gewissen Charme. Und diesen setzt er auch gerne ein. Hauptsächlich bei der Damenwelt. Schon öfters hat er einen Fall mit Charme und Raffinesse gelöst. Seinen jährlichen Urlaub verbringt er ohne seine Frau auf Mallorca, während sich diese anderweitig die Zeit vertreibt. Die beiden führen eine lockere Ehe, was dem Chefinspektor sichtlich gut bekommt.

»Du hast also gestern Abend den Abgeordneten nicht befragt, Schreiner? Warum?«

»Ich habe es versucht, Chef«, antwortet er, »aber Politiker sind eine heikle Sache. Wenn man die auf dem falschen Fuß erwischt, hacken sie einen zu Kleinholz.«

Der Chefinspektor lacht und nickt verständnisvoll.

»Aber wir müssen ihn befragen. Da kommen wir nicht drum herum. Wo hält er sich zurzeit auf?«

»Er wollte in Horn, im Hotel zur Post, übernachten. Da diese Weintaufen üblicherweise bis spät in die Nacht hinein dauern, fand er es bequemer, nicht nach Wien zurückfahren zu müssen, obwohl er seinen Chauffeur dabei hat.«

»Das heißt also, dass wir ihn hier antreffen? Bitte ihn her, wir reden gemeinsam mit ihm. Wenn das Gespräch aus dem Ruder läuft, wie du befürchtest, brechen wir einfach ab und lassen den Herrn Oberministerialrat in die Bresche springen. Ihm wird er hoffentlich Rede und Antwort stehen. Und wenn nicht, ist das nicht mehr unsere Sache.«

Julius Schreiner ist erleichtert.

Energisches Klopfen an der Tür sorgt für Unterbrechung, gleich darauf steht Sepp Tauber mitten im Raum.

»Der Obduktionsbefund ist da«, sagt er und winkt mit einem Schnellhefter. »Dr. Heribert Weinzierl hat für uns eine Nachtschicht eingelegt.«

Lächelnd legt er den Bericht vor Christian Fuchs auf den Tisch.

»Und?«, schnauzt Schreiner. »Was steht drin? Sie haben doch sicher hineingeschaut.«

»Habe ich, Herr Inspektor. Zoe Rotkopf wurde vergiftet. Um welches Gift es sich allerdings handelt, erfahren wir erst, wenn die Tests abgeschlossen sind.«

Schreiner springt in die Höhe.

»Vergiftet? Sie wurde tatsächlich vergiftet?« Er sinkt auf den Sessel zurück. »Und die Auswertung der Spurensicherung?«

»Die dauert noch ein paar Tage. Es waren ja rund hundertfünfzig Personen im Saal.«

Chefinspektor Christian Fuchs nickt bedächtig und bedankt sich bei dem Polizisten.

»Und jetzt, Schreiner, bitte den Herrn Abgeordneten her. Schauen wir, ob wir mit ihm reden können, oder ob er sich verhält«, er lacht, »wie ein Politiker.«

»Chef«, grantelt Schreiner und deutet gleichzeitig Sepp Tauber, dass er gehen kann. »Der wird nur viel reden, aber nichts sagen.«

Christian Fuchs muss Schreiner ausnahmsweise recht geben. Selbst wenn er bei einer politischen Debatte beide Ohren in den Fernseher steckt, weiß er hinterher nicht, was die werten Herren gesagt haben. Ohne diese Eigenheit wäre wahrscheinlich kein einziger Politiker lange in seinem Amt. Und, überlegt er, was man nicht ändern kann, muss man eben hinnehmen.

»Abwarten, Schreiner«, meint er aufmunternd, weil er merkt, dass sein kleiner Inspektor mit zusammengepressten Lippen wieder einmal vorsorglich die Fäuste ballt.

»Schaun ma mal, dann sehn ma schon.«

Schreiner seufzt, entspannt seine Hände und lässt stattdessen die Schultern hängen.

»Dann geh ich jetzt zum Hotel zur Post, Chef.«

Kaum ist er bei der Tür draußen, greift der Chefinspektor zum Telefon. Er will schon vorab einmal mit Herrn Oberministerialrat Dr. Dr. Wolfgang Pfeiffenhuber sprechen. Immerhin ist ein Abgeordneter in den Fall involviert, und da sollte das zuständige Ministerium informiert sein.

Nach mehrmaligem Läuten meldet sich die unsympathische Stimme der Sekretärin.

»Verbinden Sie mich, bitte, mit Herrn Oberministerialrat.«

»Warum?«

Diese Frage ärgert selbst Christian Fuchs, obwohl er sonst sehr gelassen auf dumme Fragen reagiert.

»Das sage ich ihm selbst!«

Es knackst in der Leitung.

Na also, geht doch!

»Kollega! Was gibt's Neues im schönen Waldviertel?« Lachend meldet sich sein unmittelbarer Vorgesetzter im Ministerium.

Der hat leicht lachen, denkt Christian Fuchs. Sitzt in seinem komfortablen Amtszimmer und blättert gelangweilt durch irgendwelche Akten.

»Wir haben es mit einem neuen Mordfall zu tun. Genauer gesagt, mit einem Giftmord und …«

»Und dazu brauchen S' meine Hilfe?«, unterbricht ihn der Doppeldoktor.

Christian Fuchs setzt ihn über die heikle Situation in Kenntnis, in welche der Abgeordnete involviert ist. Weiters informiert er ihn darüber, dass die Befragung der anwesenden Gäste, ausgenommen Severin Plümpel, durch seine Leute, die zum Glück vor Ort waren, sofort durchgeführt wurde, aber nichts ergeben hat. Alle Vernehmungsprotokolle liegen vor, geben aber keinen Aufschluss darüber, wie das Unglück geschehen konnte.

»Keiner hat etwas gesehen oder gehört!«

Daraufhin bleibt es eine Weile still in der Leitung, nur ein schwaches Atmen ist zu hören.

»Kollega«, meldet sich sein Gesprächspartner endlich, »versuchen Sie, so höflich und rücksichtsvoll wie möglich mit dem Herrn Abgeordneten zu sprechen und bedenken Sie, dass er soeben seine liebe Frau verloren hat. Sollten Sie nicht klarkommen, rufen Sie mich wieder an.«

»Danke, Herr …!«

Aufgelegt.

Nichts anderes hatte der Chefinspektor vor. Aber nun weiß der Herr Doppeldoktor wenigstens schon einmal, dass eventuell eine brisante Angelegenheit auf ihn zukommen könnte.

In der Zwischenzeit ist Inspektor Julius Schreiner im Hotel zur Post angekommen. Er folgt den Stufen bis zu einer sich automatisch öffnenden Glastüre und bleibt verblüfft in der Lobby stehen.

Sechs schwere Eichenholzstühle, mit rotem Samt bezogen, um eine hohe Yuccapalme gruppiert, empfangen ihn zusammen mit einem wuchtigen Holztisch, der auf einem ausgeblichenen Perserteppich ruht. Von der Decke hängen zwei alte Kristalllüster und verbreiten spärliches Licht. Es riecht nach Staub und Mottenkugeln.

Über Geschmack lässt sich streiten, denkt Schreiner. Seinem Empfinden nach würde dieser alte Krempel eher in ein Wiener Ringstraßenpalais als in diesen modernen Neubau, in dem das Hotel zur Post untergebracht ist, passen. Kopfschüttelnd peilt er die Rezeption an.

Ein junger Mann, der so gar nicht in das auf antik getrimmte Ambiente passt, mit kahlgeschorenen Schläfen, großen Ohrlöchern und Tätowierungen am Hals, hebt gelangweilt den Kopf.

Der Inspektor zückt seinen Polizeiausweis.

»Ich muss dringend Herrn Abgeordneten Severin Plümpel sprechen.«

Umständlich betrachtet der Rezeptionist den Ausweis, dann wirft er einen Blick auf seine überdimensionale Armbanduhr und schüttelt den Kopf.

»Wissen Sie eigentlich, wie spät es ist?«

Schreiner ist baff. Was hat die Uhrzeit mit seinem Wunsch zu tun? Und was erlaubt sich dieser Flegel eigentlich?

»Ich weiß, wie spät es ist«, blafft er, »und Sie wissen, was ich will. Also!«

Der für Schreiner falschgestrickte Jüngling zupft nachdenklich an seinem großen Ohrloch.

»Ich glaube nicht, dass ich den Herrn Abgeordneten jetzt schon wecken darf. Es ist ja noch nicht einmal zehn Uhr.«

»So, so! Sie glauben also, einen Abgeordneten nicht vor zehn Uhr vormittags wecken zu dürfen? Auch wenn die Polizei ihn dringend zu sprechen wünscht? Ich werde Ihnen sagen, was Sie dürfen. Sie dürfen schleunigst Ihre langen Beine unter den Arm nehmen, zum Telefon eilen und auf seinem Zimmer anrufen oder ich nehme Sie mit auf die Polizeistation.«

Schreiners laute Stimme hallt durch die Lobby und augenblicklich eilt ein Herr in tadellos sitzendem dunkelblauem Anzug, weißem Hemd und nach hinten gekämmten grauen Haaren herbei.

»Was ist hier los? Ich habe gehört, Sie wünschen den Herrn Abgeordneten zu sprechen.«

Er schiebt den Jungspund beiseite und stellt sich Schreiner vor.

»Walter Steinkogler, ich leite dieses Hotel.«

Dabei mustert er den Inspektor von oben bis unten, bis ihm Schreiner seinen Dienstausweis unter die Nase hält.

»Aha, Polizei«, stellt Herr Steinkogler fest und fährt mit dem Zeigefinger zwischen Hals und Hemdkragen, um sich Luft zu verschaffen. Das Erscheinen der Polizei in seinem ehrwürdigen Hotel ist ihm sichtbar unangenehm. »Darf ich fragen, warum Sie den Herrn Abgeordneten, um diese Uhrzeit, zu sprechen wünschen?«

»Fragen dürfen Sie, aber sagen werde ich es Ihnen nicht!« Schreiner ist nicht nur auf Hundertachtzig, sondern gleich am Explodieren. »Und jetzt rufen Sie schleunigst auf seinem Zimmer an und sagen ihm, dass die Polizei ihn zu sprechen wünscht.«

Endlich kommt Bewegung in Herrn Steinkogler. Energisch wendet er sich an den Rezeptionisten. »Los! Rufen Sie schon an!«

Ein paar Minuten später öffnet sich mit dumpfem Geräusch die Aufzugtür und Abgeordneter Severin Plümpel tritt heraus. Geschniegelt und gestriegelt, als wäre gestern Abend nichts passiert, geht er mit ausgestreckter rechter Hand auf den Inspektor zu. Plötzlich besinnt er sich, setzt eine Trauermiene auf, die einem Hollywoodstar zur Ehre gereicht hätte, und wischt mit der Hand über beide Augen, als müsste er einen Tränenschwall aufhalten.

»Herr Inspektor«, seine gebrochene Stimme klingt erbarmungswürdig.

»Haben Sie schon neue Erkenntnisse zum plötzlichen und grausamen Tod meiner geliebten Frau?«

Schreiner weiß nicht, wie ihm geschieht. Erste Reihe fußfrei im Wiener Burgtheater einem Trauerspiel von Johann Wolfgang von Goethe beizuwohnen, könnte nicht dramatischer sein.

Neugierig stellt sich der Hotelchef neben Severin Plümpel und fragt beflissen:

»Darf ich den Herren etwas zu trinken bringen?«

»Nein, dürfen Sie nicht«, antwortet Schreiner und marschiert auf einen mit Samt bezogenen Eichenholzstuhl zu, Plümpel folgt ihm. Gleichzeitig versinken sie in den tiefen Polstern.

Schreiner erinnert sich an die Mahnung seines Chefs, äußerst vorsichtig, vor allem rücksichtsvoll mit Plümpel umzugehen, damit es keinen Grund zu einer Beschwerde gibt.

»Es ist so, Herr Abgeordneter«, bemüht er sich deshalb, und kramt das bisschen Freundlichkeit, das in ihm steckt, hervor. »Sie müssten auf der Polizeistation eine Aussage machen und unterschreiben. Deshalb bittet Sie Chefinspektor Christian Fuchs, mich zu begleiten.«

»Zuerst will ich wissen, was mit meiner Frau passiert ist!« Ungehalten will er aufspringen, aber aus dem tiefen Sessel gelingt das nicht. Eher mühevoll rappelt er sich in die Höhe, was Schreiner zu einem hämischen Grinsen verleitet.

»Das, Herr Abgeordneter«, antwortet Schreiner höflich und hievt sich elegant und schwungvoll aus den Polstern, »wird Ihnen mein Chef persönlich sagen. Wenn Sie bitte mit mir kommen möchten?«

Severin Plümpel streicht seine Hose glatt.

»Vorher muss ich mir eine Jacke aus dem Zimmer holen. Ich glaube, dass es zu dieser frühen Morgenstunde draußen noch merklich kühl sein wird.«

»Merklich kühl sein wird! Merklich kühl sein wird«, äfft Schreiner nach. Dieses Getue bringt seine bisherige Beherrschung gehörig ins Wanken.

Und während er darauf wartet, dass Severin Plümpel mit seiner Jacke endlich auftaucht, lassen ihn der Hoteldirektor und sein Rezeptionist nicht aus den Augen.

»Ich stehle schon nichts! Ich bin von der Polizei!«, pfaucht er grantig.

Daraufhin drehen sich die zwei um, bleiben jedoch misstrauisch im Foyer stehen.

KAPITEL 10

Chefinspektor Christian Fuchs springt vom Schreibtischsessel auf und eilt Abgeordnetem Severin Plümpel mit ausgestreckter Hand entgegen.

»Mein aufrichtiges Beileid, Herr Abgeordneter! Das muss ein schwerer Schlag für Sie gewesen sein, gestern Abend. Bitte, nehmen Sie Platz!«

Er rückt einen Sessel zurecht und deutet Schreiner, der Plümpel gefolgt ist, sich ebenfalls zu setzen. Er will mit dem Mann nicht allein sprechen. Wer weiß, wie der ihm womöglich seine Worte im Mund umdreht. Kurz überlegt er, ob er Sepp Tauber oder Angela Bauer auch noch dazubitten soll, verwirft dies aber.

Je mehr Polizisten sich im Raum aufhalten, umso vorsichtiger oder misstrauischer könnte der Mann werden. Vor allem dann, wenn er ein schlechtes Gewissen hat. Und da, seiner langjährigen Erfahrung nach, die meisten Morde von Angehörigen begangen werden, und um Mord handelt es sich laut Obduktionsbefund, ist für ihn der Ehemann der Hauptverdächtige. Obwohl, theoretisch könnte es sich auch um Selbstmord handeln, doch daran glaubt der Chefinspektor nicht. Warum sollte sich eine junge, lebenslustige Frau umbringen wollen? Das ergibt für ihn keinen Sinn. Und wie hätte sie das Gift bekommen?

Inspektor Schreiner rutscht nervös auf dem Sessel herum und der Chefinspektor beginnt mit einem belanglosen Gespräch. Zunächst fragt er den Abgeordneten, wann er nach Wien zurückfährt, wo sein Chauffeur zurzeit nächtigt und ob er sich überhaupt in der Lage sieht, ein paar Fragen zum gestrigen Abend zu beantworten.

»Fragen Sie ruhig, Herr Chefinspektor. Es liegt in aller Interesse, den Tod meiner geliebten Frau so rasch als möglich aufgeklärt zu wissen.«

Welch abgedroschene Floskel!

»Also!« Christian Fuchs legt ein leeres Blatt Papier vor sich auf den Tisch. »Sie saßen hier.« Er zeichnet mit einem Bleistift einen Kreis in die Mitte des Blattes und schreibt den Buchstaben A, für Abgeordneten, hinein. »Links neben Ihnen saß, wie mir mein Inspektor berichtete, der Bürgermeister von Klein Schiessling, Alfons Pummerl.« Ein zweiter Kreis mit einem B, für Bürgermeister, folgt. »Rechts neben Ihnen saß Ihre Frau.« Christian Fuchs setzt in einen weiteren Kreis ein Z, für Zoe. »Entspricht das der Richtigkeit?«

»Ganz genau, Herr Chefinspektor. Aber das alles habe ich doch schon Ihren Leuten erzählt.«

»Ich will mir selbst ein Bild von dem gestrigen Abend machen.«

Er hebt den Kopf und betrachtet Severin Plümpel eindringlich.

Seine Skizze vervollständigt er mit drei weiteren Kreisen, die gegenüber den anderen liegen.

»Ihnen gegenüber saß die Gemeindeärztin, und gegenüber dem Bürgermeister der Dorfpfarrer. Wer saß Ihrer Frau gegenüber?«

»Ich glaube«, überlegt Plümpel mit gerunzelter Stirn, »das war ein Winzer aus dem Ort. Er wurde mir zwar vorgestellt, aber seinen Namen habe ich nicht behalten. Warum auch?«

Christian Fuchs wechselt einen kurzen Blick mit Schreiner und schluckt.

»Nun zu etwas anderem, Herr Abgeordneter. Ihre Frau ist, kurz nachdem das Essen serviert wurde, aufgestanden und weggegangen. Wohin?«

»Sie hat mir zugeflüstert, dass sie zur Toilette will.«

»Haben Sie sie dabei beobachtet? Ging sie wirklich zur Toilette? Oder verließ sie den Saal und ging ins Freie?«

Severin Plümpel zuckt mit den Schultern und schüttelt den Kopf.

»Darauf habe ich nicht geachtet. Ich widmete mich dem Essen, so wie alle anderen am Tisch auch.«

Aha!

Bis jetzt verhält sich Inspektor Schreiner ruhig und lässt seinen Chef die Befragung führen. Er selbst würde diesen Politiker nicht mehr mit Samthandschuhen anfassen. Aber, denkt er, der Chef wird schon wissen, was er tut.

»Was geschah, als Ihre Frau zurückkam? Saßen alle noch auf ihren Plätzen? Hat jemand in der Zwischenzeit den Tisch verlassen, ist eine andere Person hinzugekommen? Erzählen Sie mir einfach alles, was Ihnen dazu spontan einfällt.«

Severin Plümpel verdeckt mit der Hand seine Augen und seufzt. Etwas ungehalten erzählt er dann dem Chefinspektor, dass er nicht auf solche Kleinigkeiten geachtet habe. »Meine Frau«, sagt er, »kam zurück, setzte sich auf ihren Platz, kramte in ihrer Tasche und schob sich eine ihrer für sie unentbehrlichen Vitaminpillen in den Mund. Und da ihr Wasserglas leer war, trank sie von meinem Wein. Das ist alles. An mehr kann ich mich nicht erinnern. Außer, dass sie kurz darauf auf ihren Teller sackte und angeblich, wie diese Gemeindeärztin behauptete, tot war.«

Ein lautes Schluchzen folgt, welches die beiden Inspektoren ihm nicht so ganz abnehmen. Sie gewinnen eher den Eindruck, dass ihnen soeben ein perfektes Schauspiel geboten wird. Jedoch, dass Zoe Rotkopf eine ihrer Vitaminpillen zu sich nahm, kurz bevor sie in ihren Teller sackte, hören sie jetzt zum ersten Mal.

Ein kurzes Klopfen, Angela Bauer spaziert lächelnd ins Büro und legt eine grüne Mappe vor Christian Fuchs auf den Tisch.

»Die Laborauswertung, Herr Chefinspektor.«

Dann dreht sie sich um und verlässt schleunigst das Chefbüro, in dem, ihrem Gefühl nach, ein ungutes Klima herrscht.

Christian Fuchs schlägt die Mappe auf, zieht die Luft ein und die Stirn in Falten, danach reicht er sie Schreiner, der sich sofort auf deren Inhalt stürzt.

»Interessant, Chef!«, meint er nach einer Weile und fixiert Severin Plümpel mit Adlerblick. Christian Fuchs gibt ein mahnendes Räuspern von sich und wendet sich selbst an den Politiker.

»Herr Abgeordneter, haben Sie irgendwann am gestrigen Abend Ihren Platz kurz verlassen?«

Der Abgeordnete denkt nach. »Ja! Einmal«, sagt er dann, »nämlich, als ich als Weinpate dem Pfarrer zum Weinfass gefolgt bin. Aber die Zeremonie dauerte nicht lange. Gleich danach bin ich wieder an meinen Platz zurückgekehrt.«

»Da saß Ihre Frau am Tisch?«

»Ja!«

»Und danach haben Sie Ihren Platz nicht mehr verlassen?«

»Nein«, überlegt er. »Doch!« Er erinnert sich plötzlich. »Meine Frau war zur Toilette gegangen, da wollte mich der Bürgermeister einem bekannten Steinbruchbesitzer vorstellen. Knaller hieß der, wenn ich mich recht entsinne. Ihm soll in der Nähe von Klein Schiessling ein Steinbruch gehören. Und, wie der Bürgermeister stolz erwähnte, hat dieser viel Einfluss auf die kulturelle Entwicklung in der Region.«

Er schlägt die Beine übereinander und wippt mit den Füßen.

»Aber auch da entfernte ich mich nicht lange von meinem Platz. Warum fragen Sie das alles?«

»Laut unserem Laborbericht«, antwortet Christian Fuchs bedächtig, »ist Ihre Frau an Gift gestorben.«

Severin Plümpel springt auf.

»Das kann nicht sein! Ihre Leute müssen sich irren! Wer sollte denn Interesse daran haben, meine Frau zu vergiften?« Stöhnend fällt er zurück auf den Sessel. »Oder hat sie das Gift selbst genommen?«

Schützend bedeckt er seine Augen mit beiden Händen. Nach einer Weile, die den beiden Ermittlern wie eine Ewigkeit vorkommt, fragt er, um was für ein Gift es sich handelt. Dabei starrt er Christian Fuchs fragend an.

»Um Aconyanotoxin.«

Severin Plümpel beugt sich im Sessel weit nach vorn, stützt die Ellenbogen auf die Oberschenkel und legt stöhnend den Kopf in beide Hände.

»Das ist unmöglich!« Er hebt den Kopf. »Was ist das eigentlich für ein Gift? Und woher sollte Zoe dieses haben? Das bekommt man doch sicher nicht um die Ecke in jedem Supermarkt. Oder?«

»Das ist richtig«, stimmt Christian Fuchs zu. »Bei dem Gift handelt es sich laut toxikologischem Befund um eine Mischung aus mehreren Pflanzengiften. Unter anderen aus dem Blauen Eisenhut. Und es befand sich laut Obduktionsbefund im Wein, Herr Abgeordneter. In Ihrem Wein!«

Interessiert beobachtet er den Abgeordneten.

»Hätte jemand, während Sie nicht am Tisch waren, Gelegenheit gehabt, den Wein zu manipulieren?«

Verdattert schaut Plümpel den Chefinspektor an.

»Also galt der Anschlag mir? Es war mein Glas! Zoe trank ja meistens nur Mineralwasser.«

Er schüttelt den Kopf.

»Unglaublich!«

Er verkrampft die Hände ineinander.

»Die Vermutung, dass der Anschlag mir gelten sollte, habe ich bereits Ihrem Inspektor bei der ersten Befragung kundgetan. Weil, wer sollte etwas gegen meine Frau gehabt haben? Viel eher gegen mich. Immerhin stehe ich als Politiker im Rampenlicht.«

Kurz legt er seinen Kopf schief und meint erstaunt: »Aconyanotoxin! Noch nie gehört! Was soll das für ein Zeug sein?«

Dafür, dass Severin Plümpel das schwierige Wort noch nie gehört haben will, hat er es sich erstaunlich gut gemerkt und fließend ausgesprochen. Schreiner ist dies ebenso aufgefallen wie seinem Chef und es kostet ihn sichtlich Mühe, Zurückhaltung zu bewahren. Christian Fuchs kann spüren, dass es hinter Schreiners Stirn rund geht. Sein kleiner Inspektor steht ordentlich unter Strom. Und um einer schreinerischen Explosion zuvorzukommen, schiebt er die grüne Mappe mit dem Laborbericht von sich und steht auf.

»Herr Abgeordneter, vielen Dank, dass Sie uns Ihre kostbare Zeit geopfert haben.«

Erstaunt über das plötzliche Ende der Befragung blickt Severin Plümpel von Christian Fuchs zu Schreiner und wieder zurück.

»Heißt das, ich kann gehen und nach Wien zurückfahren?« Seine Mundwinkel verziehen sich zu einem hämischen Grinsen. »Wird aber auch Zeit. Denn in meinem Büro wartet jede Menge Arbeit auf mich. Wichtige Arbeit!«

Nichts anderes war zu erwarten.

Severin Plümpel steht auf und reicht Christian Fuchs die Hand über den Schreibtisch. So leicht hat er sich die Sache nicht vorgestellt.

»Wenn Sie weitere Fragen haben«, lächelt er nonchalant, »wissen Sie ja, wo Sie mich finden.«

Langsam schiebt er seinen Sessel zurück. »Dann, meine Herren«, er zögert kurz, als befürchte er, dass man es sich doch noch anders überlegen könnte, »wünsche ich einen schönen Tag!«

»Eins noch, Herr Abgeordneter.« Christian Fuchs steht ebenfalls auf und Severin Plümpel wird blass. Doch die folgende Frage, »Wo können wir Ihren Assistenten Tobias Schreivogel erreichen?«, entspannt ihn sichtlich.

»Im Hotel, in dem auch ich untergebracht bin«, gibt er bereitwillig Auskunft. »Aber nur bis mittags, dann checken wir aus.« Er blickt kurz auf seine Armbanduhr. »Ich hoffe nicht, dass Sie Tobias lange aufhalten werden. Es ist ohnehin schon spät.«

»Lackaffe!«, murmelt Schreiner und fixiert die Tür, die sich hinter Severin Plümpel schließt.

»So ein Lackaffe!«, wiederholt er und der Chefinspektor muss ihm beipflichten.

»Deshalb habe ich das Gespräch beendet, Schreiner. Ehe wir ihm, seiner Meinung nach, zu nahetreten und dafür von oben einen Anpfiff erhalten, soll sich lieber der Herr Oberministerialrat mit ihm befassen. Wir unterhalten uns lieber mit Tobias Schreivogel. Ruf im Hotel an und bestelle ihn her, Schreiner. Ich kontaktiere inzwischen unseren Doppeldoktor.«

Sein Telefonat dauert nicht lange. Oberministerialrat Dr. Dr. Wolfgang Pfeiffenhuber hat die Situation erfasst und seine Hilfe zugesichert.

»Ich kümmere mich drum!«

Nachdem Tobias Schreivogel zur Polizeistation zitiert wurde, fragt Schreiner:

»Wie könnte das Gift, das der Herr Abgeordnete so fließend über die Lippen brachte, ich aber nicht einmal stotternd aussprechen kann, in den Wein gelangt sein?«

»So etwas lässt sich leicht bewerkstelligen, Schreiner, vor allem bei dem Trubel, der bei so einer Weintaufe herrscht. Da ist doch ein stetes Kommen und Gehen. Die Leute wechseln die Sitzplätze, stehen irgendwo herum und keiner achtet auf den anderen. Ich finde sogar, dass der Zeitpunkt für einen Mord gut gewählt war.«

Christian Fuchs rauft sich die Haare. »Wäre das Gift in den Vitaminpillen gewesen, hätten wir jetzt allerdings ein Problem.«

»Welches?« Schreiner wird hektisch.

»Dann hätten wir keinen Tatzeitpunkt! Das Gift könnte irgendwann in die Pillen gelangt sein, sodass sich die Tatzeit nicht einmal annähernd eingrenzen lässt.«

»Das hieße«, überlegt Schreiner laut, »dass uns eine Überprüfung der Alibis nichts brächte.«

»So ist es!«

»Zum Glück befand sich das Gift laut Dr. Heribert Weinzierl aber im Wein und nicht in den Pillen. Denn eine Manipulation des Getränkes kann nur während eines ganz kurzen Zeitraums geschehen sein. Das schränkt die Tatzeit beträchtlich ein.«

Christian Fuchs nickt.

»Und jetzt warten wir ab, was uns Tobias Schreivogel zu erzählen hat und was unser Herr Oberministerialrat aus Severin Plümpel herausbringt.«

Warten! Warten!

Das setzt Geduld voraus, und darüber verfügt Schreiner nicht.

Christian Fuchs kann auf dessen Stirn ablesen, was er denkt.

»Es nützt nichts, Schreiner, wir können nur abwarten. In der Zwischenzeit könnten Tauber und Bauer die Aussagen der Besucher dieser denkwürdigen Weintaufe durchgehen. Vielleicht finden sie einen Hinweis. Auch könnten sie sich in Klein Schiessling umhören. Sie sollen im Pfarrhaus beginnen. Hochwürden hat die Weintaufe vollzogen und vielleicht etwas bemerkt, was ihm nicht relevant erschienen ist, im Nachhinein aber wichtig für unsere Ermittlungen sein könnte. Auch mit den Mitgliedern des Blasmusikensembles sollte man sprechen. Die hatten, wie aus den Aufzeichnungen hervorgeht, freie Sicht über den gesamten Saal. Und betrunken werden sie auch nicht gewesen sein, wie womöglich einige der Gäste.«

Inspektor Julius Schreiner lässt die Schultern hängen.

»Hoffentlich taucht dieser Schreivogel bald auf.«

Kaum hat er zu Ende gesprochen, klopft es an der Tür und ein junger Polizist schiebt Tobias Schreivogel in das Büro. Dem ist anzusehen, dass er nicht gut geschlafen hat.

»Setzen Sie sich, bitte!«

Gedankenverloren sinkt Tobias Schreivogel auf den angebotenen Sessel vor Christian Fuchs' Schreibtisch. Seine Hände sind ineinander verkrampft, seine Augen geschwollen und seine Stimme klingt weinerlich.

»Ich weiß doch nichts, Herr Chefinspektor«, jammert er. »Ich kann nicht fassen, dass Zoe tot ist.« Er schaut auf. »War es Selbstmord, oder hat sie ihr Mann umgebracht?«

»Ihr Mann? Wie kommen Sie darauf?«, schießt ihn Julius Schreiner sofort an.

Tobias Schreivogel hebt die Schultern und lässt sie resignierend wieder fallen. »Ich weiß nicht.«

»Sie wurden beobachtet«, setzt Christian Fuchs das Gespräch fort, »dass Sie kurz nach einem Telefonat den Saal verlassen haben. Mit wem haben Sie telefoniert?«

Diese Frage bringt den Assistenten ein wenig aus der Fassung. »Ist das denn so wichtig?«

»Alles ist wichtig!«, blafft Schreiner und setzt sich kerzengerade auf. »Bei Mord ist alles wichtig!«

»Also? Wer hat Sie angerufen?«

Schweigen.

Die beiden Inspektoren bringen kein Wort aus ihm heraus, so viel sie auch nachhaken. Tobias Schreivogel zieht sich zurück wie eine Schnecke in ihr Haus, presst die Lippen fest aufeinander und bleibt stumm. Den Namen seines Gesprächspartners will er offensichtlich nicht preisgeben.

Den beiden Ermittlern bleibt nichts anderes übrig, als auch ihn gehen zu lassen. Nachdem er bei der Tür draußen ist, fragt Schreiner: »Warum haben Sie ihn nicht hierbehalten Chef? Vielleicht wäre er nach einem Aufenthalt bei uns gesprächig geworden. Es ist doch offensichtlich, dass der uns etwas verschweigt.«

»Ich weiß, Schreiner«, seufzt Christian Fuchs. »Die Angelegenheit ist zu heikel. Sich mit einem Politiker dieser Größenordnung anzulegen, kann fatale Folgen haben. Wer weiß, in was für ein Wespennest man dabei sticht. Warten wir ab, was Severin Plümpel dem Oberministerialrat auftischt.«

Inspektor Julius Schreiner ist unzufrieden.

»Wenn ich das richtig verstehe, Chef, dann dürfen wir«, er macht Anführungszeichen in der Luft, »Normalsterbliche verhören, höher geborene Verdächtige aber nicht.«

»So ist es, Schreiner! Ja! Genau so ist es!«

Kapitel 11

»Geh, Blödsinn!«, echauffiert sich Annerl Passer.

Wir sitzen wieder einmal zu dritt an unserem Stammtisch in der Eggenburger Bäckerei und schlürfen Große Braune, die heute extrem heiß sind. Von Sepp Tauber habe ich erfahren, dass Zoe Rotkopf vergiftet wurde. Er hat es mir gestern Abend erzählt, weil es heute ohnehin in allen Zeitungen stehen wird.

»Was heißt Blödsinn, Annerl?«, fragt Berta Pitzer und schiebt sich eine vollbeladene Gabel mit köstlichem Topfenstrudel in den Mund. »Das ist kein Blödsinn! Wir dürfen nicht schon wieder der Polizei ins Handwerk pfuschen.«

»Genau«, pflichte ich Berta bei. »Sonst wird der Schreiner wild! Und du weißt, was das heißt!«

Annerl schiebt ihr Kinn vor und betrachtet mich überheblich.

»Na und? Lass ihn halt toben. Oder willst du dem Huaberl nicht helfen?«

Mit Huaberl meint sie unseren jüngsten Gemeinderat Hubert Burgunder, der von uns immer nur Huaberl genannt wird.

»Freilich wollen wir ihm helfen, wenn es notwendig ist. Aber das ist es nicht. Und so schon gar nicht. Außerdem ist Huaberl nicht verdächtig, nur weil ihn der Schreiner vorgeladen hat. Das werden wir alle, auch du, weil wir bei dieser Weintaufe anwesend waren.« Ich atme tief durch. »Wie kommst du überhaupt auf die absurde Idee, dass Schreiner den Huaberl verdächtigt?«

Daraufhin zuckt sie mit den Schultern und macht einen Schmollmund, was in ihrem Alter ein bisserl dümmlich aussieht.

Ich rühre in meinem Kaffee, und Berta Pitzer droht ihr mit dem Zeigefinger.

»Das lässt du gefälligst sein, Annerl! Du kannst der Polizei keinen anonymen Brief schreiben, in dem du den Abgeordneten Plümpel bezichtigst, seine Frau umgebracht zu haben.«

Ich kann Annerl zwar verstehen, weil es äußerst grotesk erscheint, dass Gemeinderat Hubert Burgunder eine wildfremde Frau umgebracht haben soll, nur weil er neben ihr gesessen hat. Aber ihre bloße Vermutung ist noch lange kein Grund, den Verdacht auf jemand anderen zu lenken. Schon gar nicht auf einen Abgeordneten, nur weil der ihr unsympathisch ist. Der könnte ebenso unschuldig sein wie Gemeinderat Hubert Burgunder oder sonst wer von uns. Das verklickere ich ihr, aber ohne Erfolg. Annerl Passer ist uneinsichtig und stur wie ein Bock.

»Der Schreiner hat den Huaberl aber vorg'laden. Und des nur, weil er neben der g'schminkten Tussi g'sessen ist.«

»Stimmt, Annerl«, wende ich ein. »Aber trotzdem darfst du niemanden beschuldigen, wenn du nix sicher weißt.«

»Was heißt sicher?«, murrt sie. »Der Ehemann ist immer verdächtig, und der Plümpel sowieso! Allein schon der depperte Name!«

Berta und ich schütteln synchron unsere Köpfe. Annerl ist von ihrer einmal gefassten Meinung nicht abzubringen. Deshalb müssen wir überlegen, wie wir sie vor Schreiners Attacken bewahren können, sollte sie diesen anonymen Brief tatsächlich absenden.

»Und was machst du, Annerl«, frage ich nach einem Schluck Kaffee, der inzwischen ausgekühlt ist, »wenn Plümpel verhaftet wird, obwohl er seine Frau gar nicht umgebracht hat?«

»Geh, Sandra! Wer soll's denn sonst g'wesen sein?«

Wie gesagt – stur wie ein Bock!

»Außerdem«, warnt Berta, »die Polizei wird auf dem Brief deine Fingerabdrücke finden und ganz sicher auch deine Schrift identifizieren. Was dann?«

»Dann sag ich ihm, er soll amal nachdenken, was der Huaberl davon hätt, wenn er die umbringt. Was für a Motiv sollt er denn ham, dieses Flitscherl zu vergiften?«

Darauf gibt es nur eine Antwort: »Keins!«

Zoe Rotkopf hat ihren Mann mit seinem Assistenten betrogen und es wäre ohne weiteres möglich, dass der davon wusste. Und dass er eifersüchtig ist, hat uns Tobias Schreivogel verraten, als er mit uns vor dem Kulturhaus gesprochen und in sein Taschentuch gerotzt hat.

Bleibt zu überlegen, wer verdächtiger ist. Ein eifersüchtiger Ehemann oder ein in der Sache unbeteiligter Gemeinderat aus Klein Schiessling?

»Schluss damit, Annerl!«, pfauche ich sie an. »Eine solche Anschuldigung kannst du nicht vorbringen. Außerdem werden wir ebenso von Schreiner vorgeladen. Und? Sind wir dann deiner Meinung nach auch verdächtig?«

Jetzt schaut sie mich mit großen Augen an.

»Ja! Du hast recht, Sandra. Ich verschick den Brief nicht!«

»Na, also!« Ich atme erleichtert auf. Geht doch!

Dann grinst sie schelmisch. »Ich kann den Schreiner ja auch anrufen.«

Zum Glück tauchen in diesem Moment Sepp Tauber und Angela Bauer auf und wir werden einer strafenden Antwort enthoben.

»Da seid ihr ja!«, ruft Sepp. »Haben wir uns doch gleich gedacht, als wir Klein Schiessling leer vorgefunden haben.«

Fragend schauen wir ihn an.

»Wieso leer?«

»Ohne euch ist doch Klein Schiessling leer wie ein ausgetrunkenes Weinglas«, begründet er seine Anspielung.

Sie steuern fröhlich auf uns zu, schnappen sich vom Nebentisch zwei freie Sessel und sitzen auch schon drauf. Sepp neben mir und Angela Bauer zwischen Annerl und Berta.

»Also«, will Sepp Tauber wissen, »worüber wird diskutiert? Dürfen wir mitreden?«

Ich rücke ein bisschen näher an ihn heran. Waren wir doch seit dieser verflixten Weintaufe nicht mehr zusammen und mir fehlt seine Nähe.

Leicht drückt er seinen Schenkel an meinen. »Bald«, flüstert er mir ins Ohr, trotzdem hat es Angela Bauer gehört.

»Damit ihr zwei Turteltauben wieder Zeit füreinander habt«, lacht sie, »sollten wir Schreiner helfen, diesen Mord schnell aufzuklären. Deshalb erzählt uns, ob und was euch am Abend der Weintaufe aufgefallen ist. Alles kann wichtig sein. Die kleinste Kleinigkeit.«

Ehe sich Annerl unklug äußern kann, springt Berta Pitzer in die Bresche und schildert ihre Beobachtungen. Das meiste davon hat Sepp Tauber ohnehin mitbekommen, aber eines nicht. Nämlich, dass einer der Gäste, und zwar der Winzer Josef Müller-Thurgau, Zoe Rotkopf mit seinen Blicken verschlungen, ja fast ausgezogen hat. Das wiederum dürfte Tobias Schreivogel nicht entgangen sein. Berta ist weiters aufgefallen, dass Josef Müller-Thurgau bald darauf seinen Platz am Tisch verlassen hat.

»War das derselbe«, will Sepp Tauber wissen, »der erst Richtung Toilette marschiert ist, dann umgedreht hat und bei der Tür raus ist?«

»Nein!« Berta schüttelt den Kopf. »Der war viel jünger. Aber beschwören könnte ich es nicht. Ich habe ja nicht besonders drauf geachtet. Die Blasmusik hat laut gespielt, ich habe mich mit Hedwig mehr schlecht als recht unterhalten, und dabei haben wir der Krügerl zugeschaut, wie sie Teller mit Gansel und Rotkraut auf den Tischen verteilt. Mir ist nur aufgefallen, dass dieser Tobias Schreivogel seinen Platz verlassen hat und nach draußen geflitzt ist und der Rotkopf hinterdrein.«

Angela Bauer wechselt einen Blick mit ihrem Kollegen.

»Diesen Josef Müller-Thurgau, wo können wir den finden?«

»Der wohnt, wenn man Richtung Etzdorf fährt, links am Ortsende von Klein Schiessling, in einem blauen Haus. Ist leicht zu finden«, gibt Berta Auskunft und mustert Annerl, die uns ignoriert und beleidigt auf das gegenüberliegende Fenster starrt. Zum Glück, denke ich, behält sie ihren Senf für sich und vergisst das anonyme Schreiben.

KAPITEL 12

Der Streifenwagen hat Eggenburg über den Kreisverkehr und die Bundesstraße verlassen, einen kleinen Waldstreifen, ein paar abgeerntete Felder und Etzdorf passiert und rollt nun gleich nach der Ortstafel von Klein Schiessling an den rechten Fahrbahnrand.

»Das muss das Haus sein, Angela.«

Ein blaues, frisch gestrichenes, ebenerdiges Haus blinzelt hinter herbstlich gefärbtem Laub hervor. Sie steigen aus. Angela hat während der kurzen Fahrt ihr Tablet durchforstet, konnte aber leider über diesen Josef Müller-Thurgau nichts Auffälliges finden.

Auch nichts Unauffälliges!

Sie marschieren auf die Haustür zu. Angela drückt energisch auf den Klingelknopf neben einem rot lackierten Postkastl mit integrierter Zeitungsrolle, während Sepp Tauber das Haus umrundet. Auf der Rückseite befindet sich etwa in Hausmitte eine Tür, die verschlossen ist, und ein kleiner Garten, der ohne sichtliche Abgrenzung in einen Weinberg übergeht.

Sie hören es drinnen läuten, warten eine Weile, doch niemand öffnet.

»Die sind im Keller«, ruft eine freundliche Stimme hinter ihnen.

Ein gelbes Postauto parkt mit offener Fahrertür dicht vor dem Streifenwagen, eine Briefträgerin steigt aus, geht lachend auf die beiden Polizisten zu und stopft Berge von Werbung in den Briefschlitz, neben dem der Name Müller-Thurgau steht.

»Im Weinkeller! Gleich am Anfang der Kellergasse«, ergänzt sie, weil sie die fragenden Gesichter bemerkt. »Ich hab beim Vorbeifahren Licht drinnen gesehen.

Aha!

»Danke schön!«

Sepp Tauber und Angela Bauer lassen den Streifenwagen stehen und gehen zu Fuß ein paar Schritte bis zur Kellergasse, die beim Kulturhaus beginnt und sich, flankiert von alten Nussbäumen, sanft bergauf bis zum Bahnübergang windet.

Die Sonne zeigt sich als milchige Scheibe am Himmel. Sie ist redlich bemüht, den Nebel zu durchdringen, was ihr jedoch nur zum Teil gelingt. Die Gehwege sind feucht, modriger Herbstgeruch hängt schwer in der Luft und das abgefallene Laub der Nussbäume klebt an ihren Schuhen.

Sie passieren die kleine Kapelle am Anfang der Kellergasse und sehen auf der rechten Seite vor einem Weinkeller ein Auto parken. Beim Näherkommen bewundern sie den in Schönbrunner Gelb verputzten Weinkeller mit alter Holztüre, in die mittig eine Sonne geschnitzt ist. Dumpfe Stimmen dringen nach draußen. Sepp Tauber nickt seiner Kollegin zu und leise gehen sie auf die einen kleinen Spalt geöffnete Tür zu. Sie schieben sie weiter auf und folgen den ausgetretenen Stufen in die Tiefe, wo sie ein leicht säuerlicher Geruch empfängt. Beim weiteren Abstieg vernehmen sie aus einer Kellerröhre die Stimme einer Frau.

»Musste das denn sein?«

Die zu der Stimme gehörige Frau dreht ihnen den Rücken zu. Ein Mann macht sich währenddessen an einem Weinfass zu schaffen, die Frau redet weiter auf ihn ein.

»Was hast du dir eigentlich dabei gedacht?«, fragt sie scharf, erhält aber keine Antwort.

Der Mann, die Polizisten gehen davon aus, dass es sich um Josef Müller-Thurgau handelt, lässt aus einem gläsernen Weinheber eine goldgelbe Flüssigkeit in ein Glas gleiten, schwenkt es leicht, hebt es gegen eine von der Decke hängende Glühbirne, dann steckt er seine Nase hinein.

»Ein gutes Tröpferl«, bemerkt er mit Kennerblick, ehe er einen kleinen Schluck davon macht, den er genussvoll im Mund hin und her rollt.

»Sonst hast du nichts im Kopf? Nur Wein und Weiber?«

Sepp Tauber räuspert sich laut, die beiden schnellen herum.

»Was wollen Sie?«

»Guten Tag«, grüßt Angela Bauer freundlich. »Sind Sie Josef Müller-Thurgau?« Der Mann stellt sein Glas behutsam auf einem Weinfass ab.

»Warum wollen Sie das wissen?«

Seine Pappigkeit gefällt der Frau nicht, die seine Angetraute sein dürfte, was sich auch gleich bewahrheitet.

»Ich bin Maria Müller-Thurgau«, fällt sie ihrem Mann ins Wort. »Was können wir für Sie tun?«

»Ich würde gerne mit Ihrem Mann sprechen. Unter vier Augen, wenn es möglich ist.«

Sepp Tauber lächelt, macht einen Schritt zur Seite, deutet Josef Müller-Thurgau, ihm die Treppen hinauf und nach draußen zu folgen. Angela Bauer verwickelt unterdessen die Ehefrau in ein harmloses Gespräch. Ihr rechter Zeigefinger deutet auf das abgestellte Glas. »Waren die heurigen Trauben trotz des miserablen Wetters gut?«

»Kann man so sagen«, antwortet Maria Müller-Thurgau. »Die Ernte fiel zwar geringer aus als die letzten Jahre, aber die Qualität der Trauben macht es wieder wett.« Sie langt nach einem Glas und will Angela Bauer eine Kostprobe anbieten, doch diese lehnt mit der Bemerkung »Ich bin im Dienst« ab.

Verstohlen blickt Maria Müller-Thurgau auf Angela Bauer, dann wandert ihr besorgter Blick die steile Treppe hinauf, und bleibt an ihrem Mann hängen, der mit Sepp Tauber spricht.

»Die junge Frau des Abgeordneten, Zoe Rotkopf, wurde vergiftet!«

Sepp Tauber hält kurz inne, um das Gesicht von Josef Müller-Thurgau bei dieser Nachricht zu beobachten, doch der starrt zu Boden und zuckt mit keinem Muskel.

»Haben Sie irgendetwas bemerkt? Ist Ihnen oder Ihrer Frau vielleicht jemand aufgefallen, der sich während der ...«, er zögert kurz, »sagen wir, feierlichen Handlung dem Platz der Ermordeten genähert oder sich sonst wie an dem Tisch zu schaffen gemacht hat?«

Der Gefragte schüttelt langsam den Kopf. »Nein! Mir ist nichts aufgefallen.«

»Haben Sie eine Ahnung, wer der jungen Frau das angetan haben könnte?«

»Wie sollte ich?«, blafft er schroff zurück. Sein Blick wandert die Stufen hinunter in den Keller, wo sich seine Frau mit Angela Bauer unterhält.

»Ich habe sie doch gar nicht gekannt!«

»Wirklich nicht?«

»Natürlich nicht!«, empört Müller-Thurgau sich laut.

Maria Müller-Thurgau wird auf die heftige Stimme ihres Mannes aufmerksam und will hinaufgehen, doch Angela Bauer hält sie zurück.

»Einen Moment noch, Frau Müller-Thurgau. Erzählen Sie mir, wo genau Sie sich während der Weintaufe aufgehalten haben. Wo war Ihr Mann, während der Pfarrer die Segnung durchgeführt hat, wo waren Sie während dieser Zeit?«

Maria Müller-Thurgau lässt sich Zeit, ehe sie wohlüberlegt antwortet.

»Mein Mann saß neben der Gemeindeärztin und gegenüber von Zoe Rotkopf. Ich saß neben meinem Mann. Mir gegenüber saß der Huaberl, also«, fügt sie rasch an, »ich meine, Gemeinderat Hubert Burgunder. Wir haben dem Tisch den Rücken gekehrt und auf die Weinsegnung durch unseren Pfarrer in der Mitte des Saales geachtet. Das Licht war gedimmt, nur das Weinfass war angestrahlt. Was hinter mir am Tisch geschah, konnte ich nicht sehen.«

Aha!

»Verstehe ich das richtig«, hakt Angela Bauer nach, »während alle das Fass fixierten, konnten Sie das Opfer nicht sehen, weil Sie ja, wie alle anderen auch, zur Raummitte blickten. Theoretisch hätte die Ehefrau des Abgeordneten den Tisch verlassen können und …«

»Das passierte später«, unterbricht Maria Müller-Thurgau. »Frau Rotkopf hat den Saal verlassen, als das Essen bereits serviert wurde. Ich glaube nicht, dass sie schon vorher vom Tisch aufgestanden ist.«

Wenig bis gar nix Neues, denkt Angela Bauer und hofft, dass ihr Kollege mehr Glück hat.

Doch auch Sepp Tauber erfährt von Josef Müller-Thurgau nichts, was ihn weiterbringt, deshalb beschließt er, mit seiner Kollegin die Befragung abzubrechen.

Dass Josef Müller-Thurgau der Mann war, welcher den Saal verlassen und draußen mit Tobias Schreivogel gesprochen hat, kann er vergessen. Der Mann, der ihm aufgefallen ist, sah anders aus und war außerdem viel jünger als der Winzer.

»Das war's dann fürs Erste, Herr Müller-Thurgau.« Er macht ein paar Schritte weg, dreht sich aber noch einmal um. »Halten Sie sich zu unserer Verfügung, bitte, falls wir noch Fragen an Sie haben.«

Erleichtert nickt der Weinbauer.

Angela Bauer hat ihr Gespräch mit Maria Müller-Thurgau ebenfalls beendet. Beide stapfen sie durch das klebrige Laub zurück zum Auto. Der Nebel liegt noch immer über den niedrigen Hausdächern von Klein Schiessling, die milchige Sonnenscheibe ist in der Zwischenzeit verschwunden, und es ist kalt.

»Soll sich doch der Schreiner mit denen herumärgern. Wenn er die zwei vorlädt, werden sie vielleicht gesprächiger.«

»Überhaupt dann«, antwortet Angela Bauer, während sie versucht, einem Laubhaufen auszuweichen, »wenn der Schreiner seine Faust auf den Tisch knallt und zu brüllen anfängt.«

Beide lachen.

»Und was machen wir jetzt?«

»Glaubst du«, fragt Sepp Tauber und mustert seine Kollegin, »dass vielleicht dem Pfarrer etwas aufgefallen ist?«

Angela Bauer zuckt mit den Schultern. »Fragen wir ihn halt!«

Nach ein paar Schritten haben sie die Kirche samt angebautem Pfarrhaus erreicht und Sepp Tauber drückt auf den Klingelknopf.

Ehe er sich zu seiner Kollegin umdrehen kann, wird die Tür aufgerissen und eine herrische Pfarrersköchin mit Geschirrtuch bewaffnet steht fragend vor ihnen. Als Liesel die beiden Polizisten erkennt, beginnt ihr Gesicht zu schmelzen und sie reißt die Tür weiter auf.

»Bitte, kommen Sie herein! Hochwürden wird sich über Ihren Besuch sicher freuen. Ich muss leider zurück in die Küche, damit mein Gemüseeintopf nicht anbrennt.«

Pfarrer Miroslav Jankovic hat die Besucher gehört und kommt ihnen mit ausgestreckten Armen entgegen.

»Gott zum Gruße!«, flötet er salbungsvoll. »Sie wollen sicher mit der Liesel sprechen? Die ist in der Küche und bereitet unser Mittagsmahl zu.«

Angela Bauer unterbricht ihn. »Eigentlich wollten wir zu Ihnen, Hochwürden. Es geht um die Weintaufe …« Weiter kommt sie nicht, weil Pfarrer Miroslav Jankovic ihr ins Wort fällt.

»Heilige Muttergottes! Diese Weintaufe! Solch ein Unglück! Noch dazu ein Mord, wie mir die Liesel erzählt hat.« Er bekreuzigt sich. »Ich war dabei und durfte der toten Frau nicht einmal meinen Segen spenden. Dieser Inspektor! Der hat mich doch glatt vom Platz gewiesen.« Neuerlich schlägt er ein Kreuz. »Und das alles in unserem friedlichen Dorf!«

Die Polizisten werfen sich einen Blick zu.

»Liesel, kommst du einmal?« Seine Bitte geht Richtung Küche, aus der herrlicher Essensduft bis zu ihnen dringt. »Ich glaube, du kannst der Polizei besser helfen als ich.«

»Aber, die war doch gar nicht dabei, Herr Pfarrer«, mischt Sepp Tauber sich ein, wird allerdings von einer im Laufschritt herbeieilenden Pfarrersköchin eines Besseren belehrt.

»Ich war nicht dabei, aber die Annerl hat mir erzählt, dass die Tote«, jetzt flüstert sie und hält die Hand vor den Mund, damit Hochwürden den Ausdruck nicht mitbekommt, »ein Pantscherl mit dem Assistenten des Abgeordneten, diesem Tobias Schreivogel, gehabt haben soll.«

»Das wissen wir bereits!«

Aha!

Liesel macht große Augen.

»Na, mehr weiß ich auch nicht«, mokiert sie sich. »Ich war ja schließlich nicht dabei!«

»Und Hochwürden hat Ihnen nichts erzählt?«

»Nein! Er war doch gar nicht ansprechbar nach dem Schock, den er erlitten hat. Das muss man sich einmal vorstellen. Da stirbt ganz plötzlich ein Mensch in seinen Armen und …«

»Ich vermute einmal«, unterbricht Sepp Tauber, »so etwas wird einem Pfarrer öfters passieren. Und ganz in seinen Armen ist sie auch nicht gestorben.«

»Wurscht! Als er zurückkam«, antwortet Liesel verärgert, »hat er sich jedenfalls sofort in seine Kirche zurückgezogen und für die arme Frau gebetet.«

Mehr ist aus dem kirchlichen Paar leider nicht herauszubringen, weshalb sie sich verabschieden und mit einem »Gott segne Sie!« bedacht werden.

KAPITEL 13

Chefinspektor Christian Fuchs ist eben dabei, alle vorhandenen Unterlagen über den Todesfall Zoe Rotkopf zum x-ten Mal durchzuackern, als sein Telefon klingelt.

»Christian Fuchs!«

»Herr Chefinspektor!« Abgeordneter Severin Plümpel klingt mehr als verärgert. »Wann gedenken Sie, meinen Assistenten endlich gehen zu lassen? Ich muss, wie ich Ihnen schon sagte, dringend nach Wien. Und da er den Schlüssel zu meinem Dienstwagen hat, stecke ich hier fest!«

Der Chefinspektor muss dreimal schlucken, ehe er den Sinn dieses Anrufes versteht.

»Aber der ist doch …«, stottert er und wirft einen Blick auf seine Armbanduhr, »doch schon vor etwa einer Stunde gegangen!«

»Das kann nicht sein!«, pfaucht Severin Plümpel wütend. »Dann müsste er längst hier sein. Unsere Unterkunft liegt doch nur etwa fünf Gehminuten von Ihnen entfernt.«

Was weiß denn ich, denkt Christian Fuchs, wo sich der Kerl herumtreibt. Vielleicht ist er kurz wo eingekehrt oder hat einen Freund getroffen. Das versucht er Severin Plümpel zu verklickern, doch der ist anderer Meinung.

»Warum rufen Sie ihn nicht an?«

Für den Chefinspektor wäre dies das Naheliegendste.

»Was glauben Sie, was ich die ganze Zeit schon mache? Er geht nicht ran. Ständig schaltet sich die Mailbox ein. Obwohl er meinen strikten Auftrag hatte, sofort zurückzukommen! Und über sein Diensttelefon müsste er rund um die Uhr erreichbar sein.«

»Beruhigen Sie sich, bitte, Herr Abgeordneter. Warten Sie ab, er wird sicher bald auftauchen. Machen Sie sich keine Sorgen, schließlich ist er ein erwachsener Mann. Der geht so schnell nicht verloren.«

Doch Severin Plümpel hat noch nie etwas von Warten gehalten. Nach dem Telefonat macht er sich sofort auf zur Rezeption, an der er diesmal eine junge Frau mit blonden Haaren und schwarz geschminkten Augen vorfindet.

»Können Sie mir das Zimmer meines Assistenten öffnen? Ich brauche dringend den Autoschlüssel zu meinem Dienstwagen.«

Nachdem er Frau Kretschmer, deren Name auf einem Kärtchen an ihrer Brust haftet, die Zimmernummer genannt hat, hält diese erst einmal Rücksprache mit dem Hoteldirektor und erhält die Erlaubnis, das Zimmer aufzusperren. Unverzüglich greift sie hinter sich zum Schlüsselbrett, und eilt, gefolgt von Severin Plümpel, zum Aufzug.

Im Zimmer seines Assistenten findet er den Autoschlüssel zu seinem Dienstwagen auf dem Couchtisch und begibt sich damit nachdenklich in die Tiefgarage des Hotels. Wo ist dieser Schreivogel, fragt er sich schon ein Dutzend Mal, und weiß darauf keine Antwort.

Angst beschleicht ihn. Sein Assistent ist weg! Einfach so! Und das Merkwürdige daran ist, dass er nicht an sein Diensttelefon geht. Wo hält er sich bloß auf? Der wird doch nicht etwa …? Nein, das kann nicht sein! Oder doch? Grübelnd stiefelt er zum Dienstwagen, den er nun selbst fahren muss, weil sein Chauffeur nicht geruht, aufzutauchen. Das wird ein Nachspiel haben!

Eine Viertelstunde später rauscht er über die Horner Bundesstraße Richtung Wien.

Die Geschwindigkeitsbegrenzung bei Harmannsdorfs ignoriert er und bemerkt auch nicht, dass er geblitzt wird.

Bei seiner rasanten Fahrt über die Stockerauer Autobahn beschleicht ihn plötzlich das ungute Gefühl, von einem schwarzen Audi verfolgt zu werden. Sein Blick wandert zwischen der Fahrbahn vor ihm und dem Rückspiegel über seinem Kopf hin und her. Der Audi bleibt im gleichen Abstand hinter ihm. Merkwürdig! Warum sollte ihn jemand verfolgen? Wahrscheinlich, überlegt er, ist dieser Wagen rein zufällig die ganze Strecke hinter mir.

Trotzdem will er es genau wissen. Er schaut in den Rückspiegel, ob die Überholspur frei ist, schert aus und zwängt sich gleich wieder rechts hinter einen Reisebus. Der schwarze Audi folgt ihm. Das kann kein Zufall sein! Er hat sich nicht getäuscht. Er wird verfolgt! Leider kann er den Fahrer nicht erkennen.

Es könnte sich um einen Mann oder auch um eine Frau handeln. Und vom Kennzeichen erkennt er nur mit Mühe das W für Wien. Schließlich ist er mit hoher Geschwindigkeit unterwegs und kann nicht länger als nötig in den Rückspiegel starren. Bedauernd auch, dass er nicht in seinem Privatwagen sitzt, der eine Kamera in die Heckscheibe eingebaut hat. Kurz überlegt er, was er unternehmen könnte, setzt dann den Blinker und schert neuerlich aus, diesmal in die dritte Fahrspur. Der schwarze Audi ebenfalls. Der Abstand hat sich geringfügig vergrößert, doch sein Verfolger holt rasch auf.

Zügig nähert sich Severin Plümpel, wieder zurück in der mittleren Spur, der Wiener Stadtautobahn mit Tempolimit achtzig. Seine Gedanken drehen sich im Kreis, sein Puls steigt und besorgt beobachtet er das Verhalten seines Verfolgers. Was will man von ihm? Warum verfolgt man ihn? Hängt es womöglich mit dem Tod seiner Frau zusammen?

Seine einhundertdreißig Stundenkilometer muss er nun auf achtzig herunterschrauben, um nicht einer Polizeistreife aufzufallen. Aber, überlegt er, sollte er aufgehalten werden, ist er vielleicht dadurch seinen Verfolger los. Er schaut nervös in den Rückspiegel, tritt das Gaspedal durch und schert neuerlich aus. Der schwarze Audi fällt zurück. Kurz erfreut er sich dieser Tatsache, doch auf Höhe der Korneuburger Ausfahrt ist nicht nur sein Verfolger wieder da, sondern auch eine Motorradstreife mit blinkendem Blaulicht, die ihn an den Fahrbahnrand dirigiert.

Er hält an und ein Blick in den Rückspiegel verrät ihm, dass sein Verfolger verschwunden ist. Der Sonntagsverkehr rollt gemächlich mit achtzig Stundenkilometern an ihm vorbei, sodass kein weiteres polizeiliches Einschreiten erforderlich ist und der Polizist sich ganz auf ihn konzentrieren kann.

Na super!

Nach Abschluss des polizeilichen Prozederes und einer Anzeige kann er endlich weiterfahren.

Bald danach nimmt er die Ausfahrt Gürtel und ordnet sich in den dichten Verkehr ein. In Wien ist immer etwas los. Auch an Sonntagen. Vor allem auf dem Gürtel. Seinen Verfolger hat er, wie er glaubt, abgeschüttelt, doch ein mulmiges Gefühl ist geblieben. Öfter als notwendig schaut er in den Rückspiegel, kann aber nichts Verdächtiges erkennen. Nach ein paar Kilometern lässt er den Wagen in die Garage seiner Dienststelle und auf den für ihn reservierten Parkplatz rollen.

Er steigt aus, atmet erleichtert auf, doch als er seine Aktentasche vom Rücksitz nehmen will, fällt sein Blick auf die Straße. Genau gegenüber der Garageneinfahrt parkt ein schwarzer Audi. Ob es sich dabei um seinen Verfolger handelt, kann er nicht mit Bestimmtheit sagen, ist sich dessen aber fast sicher. An Zufälle glaubt er nicht. Und in diesem Fall schon gar nicht. Vorsichtshalber ruft er den Sicherheitsdienst. Doch bis der eintrifft, ist das verdächtige Auto verschwunden.

KAPITEL 14

»So a versaute Weintaufe«, ärgert sich Dorfboss Alfons Pummerl, hebt sein Glas und prostet in die Runde. »Die arme Hedwig! Die ganze Arbeit für die Katz!«

»Na, so schlimm war es auch wieder nicht, Bürgermeister. Bis zur kirchlichen Segnung durch unseren Herrn Pfarrer war doch alles sehr stimmig.«

Gemeinderat Heinrich Silvaner hebt ebenfalls sein Glas und prostet Pummerl zu. Gemeinderat Michael Rieslinger, Oberjägermeister Hans Sachenberger und der jüngste Gemeinderat Hubert Burgunder sitzen ebenfalls im Dorfwirtshaus am Stammtisch, wo der Wirt Josef Maria Krügerl mit dem Servieren kaum nachkommt.

Seine Frau scheppert in der Küche mit dem Geschirr und die Uhr über der Theke tickt leise vor sich hin. Es geht auf Mittag zu und Frau Krügerl hat noch allerhand vorzubereiten, ehe das Mittagessen serviert werden kann.

»Wer könnte denn die hübsche junge Frau vergiftet haben, wenn sie es nicht selber war?«

»Selber! Selber!«, spuckt Hans Sachenberger.

»Glaubst du wirklich, Huaberl, dass sich so eine junge Frau das Leben nimmt? Noch dazu, wo sie gut verheiratet war.«

Gemeinderat Hubert Burgunder zuckt mit den Schultern. »Woher willst du denn wissen, dass sie gut verheiratet war? Du kennst dich doch bei Frauen nicht aus, sondern nur bei deinen erlegten Viechern.«

»Und warum hatte sie dann einen Freund?«, mischt sich Gemeinderat Michael Rieslinger ein, »wenn sie so glücklich verheiratet war, ha?«

Auch wieder wahr!

»Und dir, Josef Maria, ist nix aufgefallen an dem Abend? Du bist doch die ganze Zeit im Saal herumgestiefelt.«

Bürgermeister Alfons Pummerl schüttelt verständnislos den Kopf. »Geh, Heinrich! Was soll denn dem Josef Maria schon auffallen, außer leere Gläser, die er nachschenken muss?«

»Aber mir ist was aufgefallen«, meldet sich Frau Krügerl aus der Küche und steckt ihren Kopf durch die Tür. »Da ist ein fremdes Mannsbild im Saal herumgeistert. Zuerst ist der Richtung Klo, dann hat er umdreht und ist raus zum Brunnen.«

»Und wer war das?«

»Hast nicht zugehört, Bürgermeister? Ich hab gesagt, ein fremdes Mannsbild.«

Aha!

»Du kennst doch sonst alles, was da kreucht und fleucht«, meint er süffisant, worauf ihm die Wirtin mokiert antwortet, dass sie diesen Mann leider nicht gekannt hat, und sich eiligst in die Küche zurückzieht, aus der es verdächtig nach Angebranntem riecht.

»Was hat dir, lieber Bürgermeister, denn dein Überraschungsgast und Weinpate so alles erzählt? Vielleicht dass er vorhat, seine Frau zu vergiften?«

»Nein, Huaberl, das hat er mir nicht erzählt. Wir haben uns nur wenig unterhalten. Hauptsächlich hat er mir von seiner verantwortungsvollen Aufgabe im Parlament erzählt und …«

»Wie bist denn überhaupt auf den kommen?«, will Oberjägermeister Hans Sachenberger wissen. »Hätten wir nicht in unserer Gemeinde genügend Kandidaten gehabt, die als Weinpate oder Weinpatin besser geeignet gewesen wären?«

Verärgert ergreift der Dorfboss sein Glas, trinkt es leer und hält es dem Wirten entgegen. »Noch eins!«

»Wie bist du eigentlich auf diese absurde Idee gekommen, uns gerade so einen Parlamentarier vor die Nase zu setzen?«, wiederholt Gemeinderat Michael Rieslinger die Frage. Er hat sich schon die ganze Zeit darüber gewundert, dass Pummerl einen Wiener daherschleppt, anstatt jemanden aus Klein Schiessling zu nehmen.

Noch dazu einen, der fast wöchentlich im Fernsehen groß herumspuckt und Riesenblödsinn verzapft.

»Wir haben doch genug fesche Madln im Ort. Warum hast denn keine von denen genommen?«

»Genau«, stimmt Gemeinderat Heinrich Silvaner zu. »Die hätten auch viel schöner ausgeschaut als der dürre Kerl. Wer braucht denn diese Zuagrasten?«

Josef Maria Krügerl stellt ein frisch Gezapftes vor dem Dorfboss ab.

»Das, Bürgermeister, tät mich jetzt auch interessieren.«

Doch ehe Bürgermeister Alfons Pummerl antworten kann, wird die Tür zur Wirtsstube aufgerissen und die Dorftratschen Annerl Passer stürmt herein.

»Griaß eich!«

»Ja, die Annerl! Griaß di!« Pummerl rückt seine breite Masse zur Seite, damit Annerl Passers knochiger Hintern neben ihm Platz findet.

»Bist zurück von deiner Tratschrunde? Willst jetzt uns aushorchen, ha?«

»Depp!«

Annerl Passer darf mit dem Gemeindeobersten so sprechen. Erstens ließe sie sich sowieso nichts verbieten, zweitens steht Pummerl tief in ihrer Schuld. Sie hat ihn seinerzeit nach einem heimtückischen Mordanschlag, bei dem er schwer verletzt wurde, gesund gepflegt und sich noch längere Zeit danach um ihn gekümmert.

Alfons Pummerl schluckt den Deppen hinunter und lacht.

»Bist wie immer gut drauf! Aber wir wissen trotzdem nix! Uns brauchst nicht ausquetschen.«

Annerl übergeht Pummerls Bemerkung, deutet dem Wirten und bestellt ein Achterl Grünen Veltliner.

»Du weißt wie immer nix! Aber ich! Ich weiß was!«

Nun sind alle Augen auf sie gerichtet.

»Und was?«, will Gemeinderat Michael Rieslinger wissen.

»Ich weiß, wer der Unbekannte war. Besser g'sagt, wer er nicht war!«

»Was soll denn das jetzt heißen?«

»Weißt, Huaberl«, antwortet Annerl und grinst schelmisch, »des is a lange G'schicht.«

»Wir haben Zeit!«

Die Stammtischrunde einschließlich Josef Maria Krügerl hängt an Annerls Lippen, doch die macht erst einmal einen tiefen Zug aus ihrem Weinglas.

Der Grüne Veltliner aus dem Weingut Rieslinger schmeckt ihr besonders gut, deshalb folgt ein weiterer Schluck, ehe sie zu einer Erklärung bereit ist.

»Die Liesel hat mir grad erzählt, dass sie den Chauffeur von diesem Plümpel am Abend der Weintaufe g'sehn hat, wie er zum Auto gangen ist. Und zwar zu einem schwarzen Auto mit an W drauf. Und des hat sie genau g'sehn, weil der Wagen gegenüber dem Pfarrhaus g'standen ist.«

»Und was soll jetzt daran interessant sein?«

Annerl schnauft. »Na, weil des der Chauffeur gar nicht g'wesen sein kann.«

Pummerl reckt sich. »Warum? Warum kann er es nicht gewesen sein?«

»Weil die Liesel den Mann g'sehen hat, bevor der Herr Pfarrer die Weintaufe verlassen hat. Und der Chauffeur vom Plümpel war zu der Zeit noch im Saal. Hast mi?«

»Nein. Versteh ich nicht.«

»Hast du aber heut wieder a lange Leitung, Alfons. Denk doch amal nach. Der Chauffeur kanns nicht g'wesen sein, weil der zu der Zeit noch drinnen im Saal war, also muss a anderer zu dem Wagen gangen sein.«

Die augenblickliche Stille wird von mir unterbrochen, als ich die Tür zur Wirtsstube öffne und mich umschaue.

»Griaß euch! Warum seid's denn so still?«

Beide Bänke links und rechts des Stammtisches sind belegt, also ziehe ich mir einen Sessel vom Nebentisch heran und setze mich zwischen Annerl und Heinrich Silvaner an das Tischende.

»Ein Achterl Zweigelt?«

Ich nicke und der Wirt marschiert zur Theke.

»Die Annerl hat uns grad was Bemerkenswertes erzählt.«

Ich beuge mich über den Tisch und lache Huaberl an. »Und was?«

Augenblicklich werde ich auf den neuesten Stand gebracht.

»Das ist ja hochinteressant.« In Gedanken greife ich nach dem Glas, das mir der Wirt vor die Nase gestellt hat, und trinke es fast zur Gänze leer. »Und du bist dir ganz sicher, Annerl, dass es sich dabei nicht um den Chauffeur des Abgeordneten gehandelt hat?«

Annerl begehrt auf. »Du warst doch selber dabei, wie uns der Tobias Schreivogel vorm Tröpferlbrunnen ang'labert hat. Und zur selben Zeit soll er zum Auto gangen sein?«

Ich habe verstanden. Wenn es nicht Tobias Schreivogel war, muss die Liesel einen anderen jungen Mann gesehen haben, der zu einem Auto mit Wiener Kennzeichen gegangen ist. Aber wer war dieser junge Mann?

Ich sehe mich nach Josef Maria Krügerl um und bestelle ein Glas Mineralwasser, weil mir der Wein, den ich viel zu rasch getrunken habe, in den Kopf steigt.

»Konnte die Liesel den Mann beschreiben?«, frage ich.

»Sie hat g'sagt, er war vielleicht dreißig Jahre alt, schlank, groß und mit blonden kurzen Haaren. Außerdem hat er a dunkle Jacke ang'habt. Mehr konnt sie nicht erkennen.«

Ich nicke. Dabei könnte es sich um den unbekannten jungen Mann gehandelt haben, der Sepp aufgefallen ist und der sich mit Tobias Schreivogel vor dem Saal unterhalten hat.

»Konnte die Liesel vielleicht das Auto beschreiben?«

Annerl denkt kurz nach. »Ich glaub, sie hat g'sagt, dass es schwarz war und vorn Ringe draufg'habt hat.«

»Also ein Audi?«

»Was weiß denn ich, wie die Autos alle heißen.«

Typisch Annerl. Nichtsdestotrotz sollte diese Beobachtung Sepp erfahren. Ich ziehe mein Smartphone aus der Jackentasche und tippe seine Kurzwahl ein. Nachdem er sich gemeldet hat, informiere ich ihn über Liesels Beobachtung und Annerls Schlussfolgerung daraus.

»Es könnte sich um den unbekannten Mann gehandelt haben, den du mit Zoe Rotkopf belauscht hast.«

Er nickt ein paar Mal, was ich aber durch den Draht nicht sehen kann.

»Danke, Sandra. Ich werde den Schreiner informieren, aber vorher fahre ich zur Liesel und höre mir ihre Geschichte selbst an.«

»Mach das, Sepp, pfiat di!«

Mit einem schweren Seufzer stecke ich mein Smartphone zurück in die Jacke. Viel lieber würde ich mit ihm persönlich sprechen und mich dabei an ihn schmiegen, aber … na gut. Irgendwann werden wir wieder Zeit füreinander haben.

»Trotzdem wissen wir aber noch immer nicht«, wende ich mich dem Stammtisch zu, »wer der Unbekannte war!«

»Kommt Zeit, kommt Rat.«

Unser Dorfoberster ist heute lyrisch unterwegs. Belustigt mustere ich ihn von der Seite und muss feststellen, dass er schon

wieder ein paar unnötige Kilo zugelegt hat. Wenn er so weiter-
macht, ist er bald doppelt so breit als hoch.

»Sie schon wieder?«

Die Pfarrersköchin wundert sich, dass die Polizei neuerlich
vor ihrer Tür steht.

»Wir haben doch erst miteinander geredet?«

»Das stimmt«, antwortet Sepp Tauber. »Aber wie ich soeben
erfahren habe, beobachteten Sie einen Mann, der am Abend der
Weintaufe zu einem Auto ging und …«

»Ah, das meinen Sie. Ja, den habe ich gesehen. Er kam um die
Ecke von unserem Kulturhaus, marschierte auf ein schwarzes
Auto zu, das gegenüber geparkt hatte, stieg ein und fuhr weg.
Aber das hab ich schon der Annerl erzählt. Mehr weiß ich nicht.«

»Sie können aber sicher, bei Ihrer Beobachtungsgabe, das
Fahrzeug genau beschreiben.«

Geschmeichelt über dieses Kompliment denkt Liesel ange-
strengt nach, wobei sie nicht nur ihre Stirn in Falten legt, sondern auch ihre Zornesfalte vertieft. Dann schüttelt sie den Kopf.

»Ja, mei! Was soll ich sagen? Es war halt ein schwarzes Auto,
ich glaube ein Audi, weil mir vorne ein paar Ringe aufgefallen
sind. Und«, fügt sie stolz hinzu, »mit einem W auf dem Nummernschild. Das habe ich genau gesehen. Und eingestiegen ist
ein Mann mit einer dunklen Jacke.«

Sepp Tauber macht sich Notizen, dann schaut er auf.

»Ein paar Ziffern des Kennzeichens oder Buchstaben haben
Sie nicht zufällig erkennen können?«

Liesel schüttelt bedauernd den Kopf.

»Sie geben unserem Gotteshaus aber sehr oft die Ehre. Wie
können wir der Polizei heute helfen?« Pfarrer Miroslav Jankovic
kommt mit gefalteten Händen auf die beiden zu

Sepp Tauber schildert ihm die Beobachtung seiner Köchin
und Pfarrer Miroslav Jankovic wird hellhörig.

»Meinen Sie den blonden jungen Mann, welcher bei der Weinsegnung anwesend war?«

»Ja! Kennen Sie ihn?«

Er verneint und entschuldigt sich rasch. Er habe dringend an
seiner Predigt zu arbeiten und obendrein weiß er sowieso nichts.

KAPITEL 15

Severin Plümpels erster Weg am Montag führt ihn ins Personalbüro, wo er erfährt, dass sich sein Assistent Tobias Schreivogel mit heutigem Tag krankgemeldet hat.

»Dann teilen Sie mir jemand anderen zu!«, blafft er die Beamtin verärgert an. »Ich brauche einen Assistenten! Es werden ja nicht alle krank sein.«

Sein Assistent ist demnach nicht verschollen und eine Abgängigkeitsanzeige daher sinnlos.

Zurück in seinem Büro will er sich dem Aktenberg auf seinem Schreibtisch zuwenden, doch das Klingeln seines Telefons hindert ihn daran.

»Herr Abgeordneter!«, trötet Oberministerialrat Dr. Dr. Wolfgang Pfeiffenhuber in Severin Plümpels Ohr. »Sie sehen mich tief erschüttert! Seien Sie sich meines aufrichtigen Mitgefühls bewusst. Man kann es kaum fassen, was mit Ihrer wehrten Frau Gemahlin geschehen ist. Konnten Sie sich von dem Schock schon ein wenig erholen?«

»Na ja ...«

»Ich störe ja nur ungern«, unterbricht ihn der Doppeldoktor, »aber dürfte ich trotzdem ein paar Minuten Ihrer kostbaren Zeit in Anspruch nehmen?«

Angewidert nickt Severin Plümpel.

»Natürlich, Herr Oberministerialrat. Worum geht es denn?«

»Ich glaube, Herr Abgeordneter, das besprechen wir besser persönlich. Ich würde gerne bei Ihnen vorbeischauen, wenn es Ihre Zeit erlaubt.«

»Einen Moment, bitte. Ich muss nur kurz einen Blick in meinen Terminkalender werfen.«

Man hört eine Tastatur klicken, dann meldet sich der Herr Abgeordnete zurück.»Ginge das gleich? Bis zu meinem nächsten Termin bliebe uns eine gute halbe Stunde.«

Der Doppeldoktor schnauft kurz. »Das ist ja prima. Ich beeile mich und bin gleich bei Ihnen im Amt.«

Das klingt nicht gut. Severin Plümpel schaltet auf Wachsamkeit, strafft die Schultern und zieht seinen Krawattenknoten fest.

Zwei Stunden später erreicht Chefinspektor Christian Fuchs ein Anruf von Oberministerialrat Dr. Dr. Wolfgang Pfeiffenhuber.

»Kollega! Ich hatte soeben ein ausführliches Gespräch mit dem Herrn Abgeordneten.«

Christian Fuchs wird unter anderem über das plötzliche Verschwinden Tobias Schreivogels und dessen heutige Krankmeldung in Kenntnis gesetzt. Gleichzeitig erhält er eine ausführliche Schilderung über die Verfolgung Severin Plümpels auf der Autobahn durch einen schwarzen Audi mit Wiener Kennzeichen.

»Aber etwas anderes, Kollega! Mir ist während des Gesprächs aufgefallen, dass der Herr Abgeordnete sehr nervös war, was vielleicht, ich sage vielleicht, der Tatsache geschuldet war, dass er soeben seine Frau verloren hat. Andererseits gewann ich den Eindruck, dass seine Trauer sich in Grenzen hielt. Mit einem Wort, ich wurde nicht schlau aus ihm.«

Am Ende des Telefonats legt ihm der Doppeldoktor nahe, sich um den Fall Zoe Rotkopf mit größtmöglicher Rücksicht auf den Status des Abgeordneten zu kümmern.

In meinem Garten herrscht Novemberstimmung.

Nicht nur abgefallenes Laub wurde vom Wind durch den Garten geblasen, auch der leichte Schneefall der letzten Tage vor der Weintaufe hat alle Stauden und Gräser flachgelegt, so-dass sie keinen schönen Anblick bieten. Der Boden ist matschig, die weiße Pracht dahingeschmolzen und der Frühling vorüber-gehend eingezogen. Daran zu erkennen, dass die Vögel zaghaft zu zwitschern beginnen.

Nachdenklich betrachte ich meine Staudenbeete. Ob sich die Gräser wieder aufstellen werden?

Und die Stauden? Einzig und allein die Rudbeckien ste-hen stramm in die Höhe. Ihnen konnte der Schnee schein-bar nichts anhaben. Ich schlendere an der Grundstücksmauer entlang und überdenke mein neues Projekt, zu dem mir Sepp geholfen hat.

Eine Schubkarre voll modriger Baumstümpfe, Baumrinden und grober Äste aus der nahen Umgebung hat er angeschleppt, weil ich im hintersten Winkel meines Gartens, der ständig im Schatten liegt, eine Stumpery anlegen will.

Über diese Art der Pflanzung habe ich in einem Gartenbuch gelesen und war sofort begeistert. So etwas will ich auch! Dazu habe ich mühsam alle Holzteile aufgeschichtet und die Zwi-schenräume mit Erde gefüllt. Und wenn Anfang März die neue Gartensaison beginnt, werde ich Funkien und etliche Farne, vorwiegend immergrüne, in die Zwischenräume pflanzen. So soll ein kleiner Urwald entstehen, der gut in die schattige Ecke passen würde.

Gleichzeitig dient so ein Biotop Erdkröten, Käfern, Blind-schleichen und Ähnlichem als Unterschlupf, die bei Bedarf auf Nacktschneckenjagd gehen könnten. Während ich den Holz-haufen betrachte und mir in den schönsten Farben das Ergeb-nis ausmale, höre ich mein Gartentürl quietschen und sehe Sepp mit großen Schritten auf mich zukommen. Im Nu sind meine Gedanken wie weggeblasen, ich eile ihm entgegen und werfe mich in seine Arme.

Endlich!

Nachdem er seine Umarmung, für mich viel zu schnell, gelöst hat, mustert er den Holzhaufen, der ohne Pflanzen nicht besonders verlockend aussieht.

»Und das soll was werden?« Sein Gesicht zeigt wenig Optimismus.

»Wart es ab. Das sind die Holztrümmer, die du mir gebracht hast. Daraus wird ein kleiner Regenwald mit immergrünen Farnen und Funkien. Und wenn die ersten Blätter sprießen und kleine Tiere darin wohnen, wird es dir sicher auch gefallen.«

Er legt seinen starken Arm um meine Schulter und gemeinsam gehen wir auf das Haus zu. Drinnen strebt er in den Wintergarten und ich in die Küche.

»Willst du lieber Kaffee, einen Gspritzten oder ein Achterl?«

»Am liebsten hätte ich dich.« Nach seinem Lachen zu urteilen, meint er es wirklich so.

Trotzdem fülle ich die Kaffeemaschine und warte, bis das Gebräu fertig ist.

»Wieso bist du eigentlich da?«, frage ich. »Hast du keine Arbeit?«

»Doch, habe ich. Aber ich wollte das Schöne mit dem Nützlichen verbinden.«

Zwei dampfende Häferln Kaffee und zwei große Schnitten Mohnstrudel stehen vor uns, als er endlich rausrückt.

»Ist dir bei der Weintaufe ein junger Mann aufgefallen, mit dem sich der Assistent des Abgeordneten vor eurem Kulturhaus unterhalten hat?«

»Natürlich! Die Annerl hat mich auf ihn aufmerksam gemacht. Was ist mit ihm?«

»Das kann ich noch nicht sagen. Merkwürdig ist allerdings, dass eure Pfarrersköchin diesen Mann beobachtet hat, wie er in einen schwarzen Wagen mit Wiener Kennzeichen, wahrscheinlich einen Audi, gestiegen und weggefahren ist.«

»Vielleicht war es der Dienstwagen des Abgeordneten. Der hat doch sicher ein Wiener Kennzeichen drauf.«

»Ja, schon«, Sepp legt seine Stirn in Falten. »Aber in das Dienstfahrzeug hätte doch der Chauffeur, dieser Tobias Schreivogel einsteigen müssen, nicht ein Fremder.«

Wo er recht hat, hat er recht.

»Konnte die Liesel das Kennzeichen sehen? Außer dem W, meine ich.«

»Leider nein. Zu dem Zeitpunkt wusste sie ja nicht, dass das wichtig sein könnte.«

»Spielen denn das Auto und der Kerl so eine wichtige Rolle, dass du dir den Kopf darüber zerbrichst?«

»Jetzt schon! Unser Chef wurde vom Ministerium darüber informiert, dass der Abgeordnete Severin Plümpel auf seiner Fahrt von Horn nach Wien von einem schwarzen Audi mit Wiener Kennzeichen verfolgt wurde. Dabei könnte es sich um den Wagen gehandelt haben, den die Liesel beobachtet hat.«

Sepp schiebt sich ein großes Stück Mohnstrudel in den Mund. »Ja! So schaut's aus im Schneckenhaus!«

»Und warum fragt ihr nicht einfach diesen Schreivogel? Der sollte doch wissen, mit wem er sich vor dem Kulturhaus unterhalten hat.«

»Weil der seit seiner Vernehmung durch Christian Fuchs verschwunden ist. Auf seiner Dienststelle hat er sich am Montag danach telefonisch krankgemeldet. Ob er allerdings selber am Telefon war, konnte nicht mit Sicherheit bestätigt werden.«

»Interessant! Vielleicht ist er untergetaucht, weil er Dreck am Stecken hat?«

Ich trinke meinen Kaffee aus und überlege.

»Oder er ist auch vergiftet worden und ihr findet irgendwo seine Leiche.«

»Geh, Sandra! Mal den Teufel nicht an die Wand. Eine Leiche ist genug!«

»Und bevor wir uns mit Mord und Totschlag den Tag versauen, …« Er drückt mich an sich!

KAPITEL 16

»Was hat denn eigentlich die Befragung von Josef Müller-Thurgau ergeben?«

Chefinspektor Christian Fuchs lehnt sich unbehaglich im Sessel zurück. Seit er mit dem Fall offiziell betraut wurde, fühlt er sich nicht wohl in seiner Haut. Auch Inspektor Julius Schreiner, der ihm gegenübersitzt, geht es nicht viel besser.

»Der Tauber hat mit ihm gesprochen, aber nichts Brauchbares aus ihm herausgebracht. Allerdings war er der Meinung, dass der Weinbauer etwas verschweigt.«

Christian Fuchs streicht nachdenklich über seine ergrauten Schläfen.

»Wir reden selbst mit ihm, Schreiner. Vielleicht ist er bei uns gesprächiger.«

Schreiner seufzt wie schon so oft seit dieser unglücklichen Weintaufe. Er quält sich mit Vorwürfen. Da war er anwesend und hat nicht mitgekriegt, wer und wie diese junge Frau vergiftet werden konnte. Unmittelbar neben Zoe Rotkopf saßen doch nur ihr Mann und Gemeinderat Hubert Burgunder, welche die Möglichkeit gehabt hätten, Gift in den Wein zu geben.

Er ruft sich die Situation in Erinnerung. Und wenn dieser Plümpel doch recht hatte, und der Giftanschlag ihm gelten sollte? Würde es an den Gegebenheiten etwas ändern? Schreiner raucht das Hirn. Außerdem, überlegt er, um einen Wiener Parlamentarier zu ermorden, wäre die Großstadt sicherlich besser geeignet gewesen als das Nest Klein Schiessling, wo jeder jeden kennt und dem Dorftratsch nichts entgeht.

Er rauft sich die Haare und springt auf.

»Ich sag der Bauer Bescheid, dass sie Müller-Thurgau herbringen soll.«

»Ich würde es nicht so förmlich machen, Schreiner. Ruf ihn einfach an und bitte ihn her.«

Belustigt schaut Christian Fuchs seinem Inspektor nach und hört erst auf zu grinsen, nachdem die Tür hinter Schreiner ins Schloss gefallen ist.

Dann nimmt er zum wiederholten Mal den Obduktionsbericht zur Hand. Ausschlaggebend ist doch, grübelt er, wie jemand an dieses seltene Gift gelangen konnte. Er greift zum Hörer, wählt die Pathologie und hofft, Dr. Weinzierl anzutreffen.

»Hallo, Herr Doktor. Nur eine kurze Frage. Ich will Sie nicht lange von Ihrer Arbeit abhalten.«

Am Drahtende hört er es seufzen.

»Das haben Sie bereits!«

Christian Fuchs muss lächeln. Immer gut drauf, unser Herr Pathologe.

»Wie kommt man eigentlich an Aconyanotoxin? Und was ist das für ein Gift?«

»Herr Chefinspektor! Das ist eine Mischung aus Aconitum, Zyankali und zwei weiteren toxischen Beigaben. Jeder versierte Apotheker oder Laborant kann so etwas zusammenmixen.«

»Danke, Herr Doktor, das war's auch schon.«

Nachdenklich legt Christian Fuchs den Hörer zurück.

Eine Weile geistern diese Substanzen durch seinen Kopf, dann ruft er Tauber und Bauer zu sich, die beide in der Wachstube Dienst machen.

»Wir müssen dringend herausbekommen«, ordnet er an, »wer sich mit Aconyanotoxin auskennt und in der Lage ist, es herzustellen. Am besten Sie kontaktieren alle Apotheken und Labors und fragen nach, wer …«

»Aber Chef«, wendet Angela Bauer ein. »Dazu müssten wir ja auch alle Apotheken und Labors in Wien abklappern.« Sie schaut auf und hebt vielsagend die Augenbrauen. »Der Herr Abgeordnete stammt doch aus Wien! Das würde ewig dauern.«

Christian Fuchs muss ihr recht geben.

»Das stimmt!«

Sepp Tauber grübelt eine Weile, dann meint er zuversichtlich: »Chef, ich kenne die Pharmazeutin aus unserer Apotheke sehr gut. Soll ich mit ihr reden? Vielleicht kann sie uns weiterhelfen?«

»Gute Idee, Tauber, mach das!«

Da die vom Weinbauverein beauftragte Reinigungsfirma erst nächste Woche einen Termin frei hat, beginnt Hedwig Uhudler, den Saal im Kulturhaus mit Hilfe von Berta Pitzer einstweilen selbst aufzuräumen. Die WC-Anlagen soll die Firma machen. Sie ist ja schließlich keine Klofrau!

»Alles andere machen wir.«

Verärgert dreht sie sich zu Berta Pitzer, die um den Tröpferlbrunnen herum sauber macht. »Was da alles herumliegt!«, seufzt Berta. »Es ist ja nicht nur der Fußboden unter den Tischen verdreckt. Auch da heraußen kugeln jede Menge Papierln herum.«

Beide schwingen Besen und Fetzen, bis Hedwig plötzlich aufschreit.

»Schau dir das einmal an!«

Berta Pitzer lehnt ihren Besen an die Wand und marschiert in den Saal, wo sie Hedwig, einen Zettel schwenkend, vorfindet.

»Was hast du denn da?«

Hedwig zuckt die Schultern. »Schaut aus wie ein Rezept.« Sie dreht den Zettel in alle Richtungen und bemerkt auf der Rückseite einen Vermerk.

»Acon…, Tox…, Zya… Kannst du das entziffern, Berta?«

Die Schrift ist ziemlich verschmiert. Auch Berta wird nicht schlau daraus.

»Das klingt doch nach Gift«, meint Hedwig schließlich und runzelt die Stirn.

»Könnt schon sein«, pflichtet ihr Berta bei. »Sollten wir das vielleicht dem Inspektor zeigen?«

»Dem Schreiner? Nie und nimmer! Der kriegt sich doch vor lauter Überheblichkeit nicht mehr ein.«

Hedwig Uhudler schnappt nach einem Sessel, lässt sich darauf fallen und zieht ihr Smartphone aus der Schürzentasche.

»Ich ruf die Sandra an!«

Berta Pitzer, von der bisherigen Arbeit ohnehin müde geworden, setzt sich neben Hedwig und lauscht.

»Du, Sandra, stell dir vor, die Berta und ich räumen gerade nach der Weintaufe auf, und unter der langen Tafel hab ich einen Zettel gefunden.«

»Ja, und?«

»Ich glaube, es handelt sich um ein Rezept.«

»Das hat halt einer verloren, Hedwig. Wieso ist das interessant?«

Hedwig Uhudler schnauft. »Weil auf der Rückseite Gifte stehen! Die Schrift ist zwar stark verwischt, aber …!«

»Ich komme!«, plärre ich in den Draht und bin auch schon unterwegs.

Ein paar Minuten später bremse ich vor dem Kulturhaus, springe aus dem Wagen, laufe am Tröpferlbrunnen vorbei, ohne ihm Beachtung zu schenken, und stehe sogleich vor den beiden, die belämmert einträchtig nebeneinander sitzen und ihre Köpfe gesenkt halten.

Als mich Hedwig sieht, springt sie auf und drückt mir einen Zettel in die Hand, den ich mit gespreizten Fingern entgegennehme.

»Der ist nicht dreckig! Den kannst schon angreifen!«

»Aber es könnten Fingerabdrücke drauf sein, und die will ich nicht zerstören.«

»Geh, wer weiß, wie lang der schon da liegt. Und die Berta und ich haben ihn ja auch in der Hand gehabt.«

»Trotzdem!«

Vorsichtig drehe ich den Wisch um und erschrecke. Tatsächlich! Bei diesen Wortfetzen könnte es sich um Giftstoffe handeln.

»Das muss sofort die Polizei bekommen. Ich rufe Sepp an.«

»Hallo Sandra? Ist die Sehnsucht so groß, dass du mich sehen willst?«

»Ja! Nein!«, stottere ich. »Hedwig hat beim Aufräumen im Kulturhaus einen verdächtigen Zettel gefunden, den du dir anschauen solltest.«

Ich höre Motorgeräusch und Gehupe.

»Ich bin grad unterwegs Richtung Zwettl. Aber ich sag der Angela Bescheid. Die kommt zu euch.«

Nachdenklich drücke ich den roten Hörer auf meinem Smartphone und wende mich den beiden zu.

»Der Sepp ist nach Zwettl unterwegs, aber die Angela kommt.«

Während wir auf die Polizistin warten, hängen wir unseren Gedanken nach.

Ist schon merkwürdig, dass ausgerechnet ein Rezept mit Giftstoffen unter einem Tisch gefunden wird, an dem Zoe Rotkopf vergiftet wurde. Die Gedanken kreisen durch meinen Kopf, während ich den verdächtigen Fund, der zerknittert vor mir auf dem Tisch liegt, neugierig betrachte.

»Glaubst du, Sandra«, fragt Berta, »dass der Käsezettel wichtig ist?«

Ich ziehe meine Schultern hoch, doch ehe ich sie wieder fallen lassen kann, erscheint Angela Bauer unter dem Türrahmen.

Zielstrebig kommt sie auf uns zu.

»Also, her mit dem ominösen Fundstück«, meint sie lachend und wir deuten auf den Tisch.

»Da!«

»Aha!« Angela Bauer streift Einweghandschuhe über. Mit Daumen und Zeigefinger hält sie den Zettel hoch.

»Die Schrift ist typisch für einen Arzt. Unleserlich bis zum geht nicht mehr.« Sie betrachtet ihn genauer. »Schade, dass die obere Hälfte abgerissen ist, sonst wüssten wir, welcher Arzt das Rezept ausgestellt hat.«

Sie dreht es um und liest die Rückseite. Erschrocken befördert sie es daraufhin in ein Plastiksackerl, das sie aus ihrer Uniformjacke holt.

»Danke für den Fund! Den nehme ich mit. Der muss kriminaltechnisch untersucht werden.«

Dann mustert sie uns streng. »Werden die Kollegen darauf eure Fingerabdrücke finden?«

Wir nicken beschämt. Hätten wir eigentlich wissen müssen, dass wir nicht alles betatschen dürfen.

»Eure Fingerabdrücke sind ja registriert. Und wehe, wenn nur eure drauf sind und der Rest verwischt ist.«

»Aber Angela«, will ich sie besänftigen. »Wie hätten wir denn ahnen können, dass es sich dabei um ein Beweisstück handelt?«

Sie grinst, winkt uns zu und eilt mit Hedwigs Fund im Sackerl zum Streifenwagen.

KAPITEL 17

Inspektor Julius Schreiner betrachtet misstrauisch den zerknitterten Zettel, den ihm Angela Bauer auf den Schreibtisch legt.

»Was soll ich damit, Bauer?«

»Zunächst einmal genau hinschauen, und danach vielleicht der Kriminaltechnik übergeben?«

Sie knallt die Tür hinter sich zu.

»Idiot«, mault sie. Da bringt man ihm offensichtlich ein wichtiges Beweisstück und er verhält sich wie ein Depp.

»Bauer!«, plärrt er ihr nach. »Kommen Sie sofort zurück!«

Sein Befehl hallt durch das Haus, also kann sie es nicht ignorieren. Sie kehrt um und wäre beinahe über den Chefinspektor gestolpert, der gerade sein Büro verlassen will.

»Was hat er denn, unser lieber Herr Inspektor?«

Angela Bauer schluckt ihren Grant hinunter.

»Ich habe ihm einen Zettel, vermutlich ein Rezept, gebracht, auf dessen Rückseite Fragmente zu lesen sind, bei denen es sich meiner Meinung nach um Giftstoffe handeln könnte. Frau Uhudler hat den Zettel beim Aufräumen im Kulturhaus unter einem Tisch gefunden.«

»Das ist ja ein Lichtblick, Kollegin Bauer. Und warum ist er darüber wütend, anstatt sich zu freuen?«

»Keine Ahnung, Herr Chefinspektor. Vielleicht ist er heute mit dem falschen Fuß aufgestanden.«

Sie lacht und entfernt sich mit eiligen Schritten. Ein junger Kollege erwartet sie bereits beim Streifenwagen.

Chefinspektor Christian Fuchs betritt Schreiners Büro. Der bemerkt ihn nicht, weil er lautstark in sein Telefon plärrt.

»Sie holen das Beweisstück sofort bei mir ab und untersuchen es! Auf Fingerabdrücke, DNA und so weiter!«

Dann knallt er den Hörer zurück und schaut auf.

»Chef?«

»Was hast denn, Schreiner? Ist dir eine Laus über die Leber gelaufen?«

Er muss über Schreiners verdattertes Gesicht lachen.

»Die Bauer hat mir gerade erzählt, dass sie dir ein Beweisstück gebracht hat. Lass einmal sehen.«

Julius Schreiner schiebt verächtlich den eingesäckelten, zerknitterten Zettel über den Schreibtisch, den Christian Fuchs in Augenschein nimmt.

»Darüber solltest du dich freuen und nicht ärgern. Auch wenn es sich nur um Wortfragmente handelt, könnte es uns weiterbringen. Vor allem aber das unleserlich geschriebene Rezept, das von einem Arzt stammen muss.«

Er zieht seine Stirn kraus und mustert Schreiner.

»Der wurde angeblich im Kulturhaus nach dieser gottverdammten Weintaufe gefunden, Chef. Ein altes Rezept, zerknittert, dreckig und verschmiert. Ich bin mir sicher, dass dieses Papierl schon lange dort herumkugelt und nicht erst seit Samstag. Wahrscheinlich sind hunderte Fingerabdrücke drauf, die sich nicht mehr zuordnen lassen.«

»Warum denn so negativ, Schreiner? Kopf hoch und positiv denken! Vielleicht findet unsere Kriminaltechnik doch etwas, was uns weiterbringt.«

»So dieses Fundstück überhaupt etwas mit unserem Mordfall zu tun hat.«

Inspektor Julius Schreiner blickt verärgert zu Boden.

»Bei diesen Wortfetzen«, fügt der Chefinspektor nachdenklich hinzu und dreht das Nylonsackerl in seiner Hand, »könnte es sich tatsächlich um die Zutaten für Aconyanotoxin handeln.«

Ehe Schreiner antworten kann, wird die Tür aufgerissen und ein junger Mann mit langen Haaren, die zu einem Pferdeschweif zusammengebunden sind, stürmt ins Zimmer.

»Mein Chef schickt mich. Ich soll ein Beweisstück abholen!«

Schreiner kennt den Jungen und deutet auf den Chefinspektor, der das Gewünschte unverzüglich ausfolgt.

»Danke! Ich muss gleich wieder zurück.«

Er nimmt das Sackerl blitzschnell entgegen und eilt davon.

Schreiner hebt den Kopf.

»Und jetzt, Chef?«

»Jetzt warten wir ab, was die kriminaltechnische Untersuchung ergibt.«

Während sie warten, teilt der Portier telefonisch mit, dass ein Gemeinderat Hubert Burgunder zu Inspektor Schreiner will.

»Schicken Sie ihn rauf!«

Mit hochgezogenen Augenbrauen mustert Christian Fuchs seinen kleinen Inspektor.

»Gemeinderat Hubert Burgunder habe ich herbestellt, um über den vermaledeiten Abend nochmals zu sprechen. Er saß ja neben dieser Zoe Rotkopf. Vielleicht ist ihm doch etwas aufgefallen.«

»Soll ich dableiben?«, fragt Christian Fuchs, »oder schaffst du es allein?«

»Nicht nötig, Chef! Mit dem werde ich allemal fertig.«

»Aber reiß dich zusammen, Schreiner! Denk daran, dass man mit Höflichkeit mehr erreicht als mit Anschnauzen.«

Julius Schreiner schaut auf.

»Was denken Sie denn von mir, Chef?«

»Nichts Gutes«, murmelt Christian Fuchs und geht. Draußen auf dem Gang stößt er mit Hubert Burgunder zusammen.

»Herr Gemeinderat! Mein Inspektor hat ein paar Fragen an Sie bezüglich des Abends, an dem es zu dem schrecklichen Todesfall gekommen ist. Vielleicht können Sie ja weiterhelfen?«

Hubert Burgunder strahlt den Chefinspektor an. »Ich habe zwar nicht viel gesehen, hoffe aber doch, dass ich Ihnen weiterhelfen kann.«

Etwas beunruhigt zieht sich Christian Fuchs in sein Zimmer zurück. Hoffentlich behält Schreiner die Nerven.

Eine Stunde später betritt dieser sein Büro.

»So, das hätten wir! Dem Gemeinderat ist zwar nicht viel aufgefallen, aber das Wenige genügt, um den werten Herrn Abgeordneten vorläufig aus dem Verkehr zu ziehen.«

Entgeistert blickt ihn Christian Fuchs an.

»Was hast du denn erfahren, was deinen Optimismus so stärkt?«

»Severin Plümpel hat seine Frau mit Argusaugen bewacht und sie mit Eifersucht gequält. Ich an ihrer Stelle hätte einen Psychiater gebraucht, der mich wegen Verfolgungswahn behandelt. Wenn das sogar einem Außenstehenden auffällt, kann man sich vorstellen, wie arg es in Wirklichkeit war.«

»So schlimm, Schreiner? Was hat denn Gemeinderat Burgunder wörtlich erzählt?«

Julius Schreiner schluckt, zieht sein Notizbuch zu Rate und liest vor:

»Sie musste ihn zum Beispiel fragen, ob sie auf die Toilette gehen darf. Daraufhin hat er auf seine Uhr geschaut und kritisiert, dass sie doch vor kurzer Zeit erst war. Er quälte sie, wo er nur konnte. Das waren die Worte von Hubert Burgunder.«

Schreiner blättert weiter in seinem Notizbuch.

»Als sie ihm dann, nachdem das Essen serviert wurde, etwas zuflüsterte, hielt er sie brutal am Arm fest. Sie riss sich jedoch los und stürmte zur Tür hinaus ins Freie. Als sie nach einer Weile zurückkam, war sein Unmut ganz plötzlich verschwunden. Er erinnerte sie sogar daran, ihre Vitaminpillen zu nehmen und bot ihr an, da ihr Wasserglas leer war, sie mit seinem Wein hinunterzuschlucken.«

Der Chefinspektor fällt aus allen Wolken.

»Kann man den Beobachtungen Burgunders trauen?«

»Ich denke schon, Chef. Was hätte er davon, wenn er sich solche Sachen aus den Fingern saugt?«

Christian Fuchs nickt.

»Lass ein Protokoll anfertigen, das uns der Gemeinderat unterschreiben muss.«

»Ja, Chef! Der wollte ohnehin morgen Vormittag noch einmal vorbeikommen. Er sagte, er hätte in Horn zu tun.«

Christian Fuchs kommt ins Grübeln. Die Sache gefällt ihm nicht. Vor allem deshalb nicht, weil ein Parlamentarier involviert ist.

»Auch wenn man diese Schikanen in Betracht zieht, Schreiner, heißt das noch lange nicht, dass er sie auch ermordet hat. Sie könnte genauso gut aus eben diesen Gründen Selbstmord begangen haben.«

»Was Sie aber selbst nicht glauben, Chef! Mir war dieser geschniegelte Lackaffe von Anfang an unsympathisch.«

»Nur weil er dir unsympathisch ist, Schreiner, muss er noch lange kein Mörder sein.«

Julius Schreiner zuckt die Schultern.

»Da bin ich anderer Meinung, Chef!«

KAPITEL 18

»Wenn du meinst, dann tu halt, was du nicht lassen kannst.«

Annerl Passer und ich sind nach Eggenburg unterwegs. Wir wollen einkaufen, in unserer Bäckerei einen Kaffee trinken und sie will den anonymen Brief für Schreiner zur Post bringen. Anrufen wollte sie dann doch nicht, weil ihr Brief, wie sie meint, so gut formuliert sei, dass Schreiner nicht umhinkann, ihn zu lesen. Soeben lenke ich mein Auto Richtung Etzdorf, da kommt uns Gemeinderat Hubert Burgunder in seinem auffällig roten Fiat entgegen.

»Halt an!«, plärrt Annerl und schon stehe ich auf der Bremse.

Wendig, als wäre sie keine fast achtzig, sondern vierzig Jahre alt, hüpft sie, nachdem sie sich abgeschnallt hat, aus dem Auto und rennt auf den Gemeinderat zu.

»Da bist ja!«, schreit sie ihm freudig entgegen. »Hams dich wieder auslassen, Huaberl? Weil sonst hätts der Schreiner mit mir zu tun kriegt.«

Über das ganze Gesicht grinsend steigt er aus und Annerl wirft sich an seinen Hals, als hätte sie befürchtet, ihn nie wieder zu sehen. Sie kreischt vor Glück, sodass nicht nur ich mich wundere. Auch unser Gemeinderat hebt fragend beide Augenbrauen.

»Na, na, na, Annerl«, will er sie besänftigen. »Nicht so stürmisch! Was ist denn los mit dir? Was hast denn?«

»Sie hat geglaubt, du wirst verhaftet, weil du mit dem Tod der jungen Frau etwas zu tun haben könntest.«

»Ich? Ja wieso denn? Ich hab die doch gar nicht gekannt.«

»Warum hätt dich denn der Schreiner sonst vorg'laden?«

Sie schaut Huaberl überglücklich an und der beginnt lauthals zu lachen.

»Wie kommst denn auf so eine absurde Idee, Annerl? Warum hätte ich die denn umbringen sollen?«

»Des hab i a g'sagt. Aber bei dem klan Schreiner weiß ma ja nie, was in dem sein Kopf vorgeht.«

Huaberl klopft ihr beruhigend auf die Schulter, Annerl ist erleichtert und entlässt den Klein Schiesslinger Gemeinderat aus ihrer Umarmung.

»Dann brauch i den Brief ja nimmer abschicken.«

»Was denn für einen Brief?«, fragt er leicht verwirrt und schaut mich an. Nachdem ich ihn aufgeklärt habe, kriegt er sich vor Lachen nicht mehr ein.

»Annerl, Annerl! Siehst wieder einmal Gespenster, was?«

Er winkt uns zu, dreht sich um, steigt in sein Auto und setzt seine Fahrt fort.

»Siehst, jetzt kannst du ganz sicher sein, dass dem Huaberl nix passiert ist.«

»Ja, weil der hätt mir scho leid tan bei dem depperten Schreiner!«

Langsam beruhigt sie sich und wir fahren weiter. Nach Etzdorf passieren wir abgeerntete Felder, kahle Bäume und über uns türmen sich dunkle Wolken, die Schnee verkünden. Nicht schon wieder! Der zuletzt gefallene Schnee hat in meinem Garten eh schon alles umgeknickt. Und das Ende November!

Da frage ich mich, wo die so häufig zitierte Klimaerwärmung eigentlich bleibt.

»Beeilen wir uns, ich glaube, es fängt bald zu schneien an.«

»Hast du keine Winterreifen drauf?«

»Doch! Aber trotzdem fahre ich lieber bei trockenem Wetter.«

Unser nächster Halt ist der Supermarkt in Eggenburg.

Nachdem wir unsere Einkäufe getätigt und auch für Berta ein paar Kleinigkeiten besorgt haben, schiebe ich den Einkaufswagen zum Auto und lade ein.

Danach streben wir auf unsere Bäckerei zu, wo uns beim Betreten Wärme und ein appetitanregender Duft nach frischen Backwaren empfängt. Leider sitzt an unserem Stammtisch eine Frau, die wir nicht sofort erkennen, weil sie uns den Rücken zukehrt.

»Ist das nicht die Liesel?«

Im selben Moment dreht sich die Frau um und schaut uns verdutzt entgegen.

»Griaß di, Liesel!«

Annerl marschiert schnurstracks auf den Tisch zu und lässt sich auf einen leeren Sessel neben unserer Pfarrersköchin fallen. Kaum sitze ich ebenfalls, kommt auch schon die nette Serviererin und fragt nach unseren Wünschen. Vor Liesel steht eine Schwarzwälder Kirschtorte und eine Melange, Annerl und ich dagegen bestellen zwei Große Braune und zwei Topfengolatschen. Obwohl die Kirschtorte verlockend aussieht, haben wir uns für Topfengolatschen entschieden. Liesel soll nicht denken, dass wir keine eigenen Ideen haben.

»Aber den Kaffee heute ein bisserl weniger heiß als beim letzten Mal«, bitte ich und mustere die Pfarrersköchin.

»Gibt's was Neues in unserem Mordfall?«

Annerl schaut mich grantig an und murrt: »Was soll denn die Liesel scho mehr wissen als wir?«

Liesel lässt ihre vollbeladene Gabel sinken und lächelt überheblich.

»Vielleicht doch, Annerl?«

Da sie aber nichts weiter von sich gibt, wahrscheinlich um die Spannung zu erhöhen, greife ich nach meinem Großen Braunen, der unter meiner Nase sein herrliches Aroma verbreitet, und mache einen Schluck.

»Mmh! Heut ist's gerade richtig. Nicht so heiß wie letztens. Kost einmal, Annerl.«

Sie zwinkert mir zu, packt ebenfalls ihr Häferl und macht einen Schluck. Danach widmen wir uns unseren Topfengolatschen. Liesel wird unruhig.

»Seid ihr nicht an meinen Neuigkeiten interessiert?«

»Du wirst sie uns scho erzählen, bevor'st dran derstickst.«

Annerl ist nicht gut auf Liesel zu sprechen, weil sie glaubt, dass der Titel Klein Schiesslinger Dorftratschen allein ihr gebührt. Nur sie allein weiß über alles, was in unserem Ort passiert, Bescheid. Deshalb macht sie Liesels Einmischen in den täglichen Dorftratsch jedes Mal grantig bis grawutisch.

»Also, erzähl endlich!«, fordere ich sie auf. »Was weißt du Neues, was wir angeblich noch nicht wissen?«

Liesel atmet tief durch, Annerl wendet sich ab und schaut zum Fensterbrett, auf dem eine dunkelrote Orchidee in einem schwarzen Übertopf steht. »Gruselig«, meint sie.

»Also, hör zu, Sandra!« Sie ignoriert Annerl, die das geschmacklose Arrangement weiter anstarrt.

»Unser Herr Pfarrer ist doch genau gegenüber dieser Frau gesessen«, was nicht stimmt, denke ich, weil Hochwürden gegenüber unserem Bürgermeister saß, unterbreche Liesel aber nicht.

»Und da ist ihm aufgefallen, dass der Abgeordnete, also unser diesjähriger Weinpate, ständig über seinen Assistenten geredet und dabei seine Frau nicht aus den Augen gelassen hat. Hochwürden hat sich zunächst nichts dabei gedacht, aber mit der Zeit ist ihm das komisch erschienen. Und jetzt im Nachhinein glaubt er, dass dieses Verhalten wirklich sehr merkwürdig war, vor allem, weil seine Frau ja dann bald darauf gestorben ist.«

»Also muss er gewusst, oder zumindest geahnt haben, dass seine Angetraute etwas mit seinem Assistenten hat?«

»Das hat er sicher!«, mischt sich Annerl ein, ohne den Blick von der Orchidee zu lösen. »Ich sag doch scho die ganze Zeit, dass der sei Frau umbracht hat!«

»Aber Beweise für deine Anschuldigung hast du nicht!«

Ich schüttle den Kopf. Diese Annerl!

Während ich genussvoll an meiner Topfengolatsche kaue, grüble ich über die Beobachtung unseres Pfarrers nach. Dabei fällt mir ein, dass es ja zusätzlich einen Unbekannten in dem ganzen Durcheinander gibt. Wer war der junge Mann, mit dem Tobias Schreivogel vor dem Kulturhaus gesprochen hat? Wo kam er her, wohin ging er, und was hatte er mit dem Assistenten des Abgeordneten zu schaffen? Auf diese Fragen hat weder Liesel noch Annerl eine Antwort parat. Wenn Sepp das nächste Mal zu mir kommt, muss ich ihn danach fragen. Soeben will ich den letzten Schluck aus meinem Kaffeehäferl machen, da springt mich die Uhr, die über dem Eingang an der Wand hängt, förmlich an.

»Schon so spät, Annerl, wir müssen los!«

Auch Liesel schnellt wie von einer Tarantel attackiert auf. Zum Glück erscheint die Serviererin, wir bezahlen und machen uns auf die Socken.

Draußen hat es, wie vorhergesehen, leicht zu schneien begonnen. Das Grätzel, der Hauptplatz von Eggenburg, liegt unter einem weißen Tuch begraben, und nasse Flocken stieben uns ins Gesicht, während wir zum Auto laufen.

Dieser Matsch hat mir gerade noch gefehlt!

Das Diamantgras in meinem Staudenbeet hat sich gerade ein wenig erholt und leicht aufgestellt, schon wird es von dem neuerlichen, sehr nassen Schnee wieder niedergedrückt. Wenn mir jemand erzählen will, dass ihm der Winter gefällt, hat er entweder keinen Garten, ist pervers, oder er lügt. Ich habe bisher jedenfalls noch keinen Winter erlebt, der so malerisch aussieht, wie auf manchen Gartenfotos zu sehen ist.

Aber wurscht!

Wir tasten uns durch das immer dichter werdende Gestöber und ich bin froh, als ich vor Annerls Haus einparke. Nachdem sie ausgestiegen ist und auf ihre Haustür zueilt, dreht sie sich noch einmal um.

»Das, was die Liesel g'sagt hat«, plärrt sie, »dass der Plümpel eifersüchtig war, passt doch! Der und ka anderer hat diese Zoe umbracht.«

»Das mag ja alles stimmen, Annerl. Aber beweisen können wir es nicht.«

Ich will soeben wieder Gas geben und endlich heimfahren, da kommt uns Berta im Laufschritt entgegen.

»Halt, Sandra! Warte!«

Sofort macht Annerl kehrt, kommt zurück und ich stelle den Motor wieder ab.

»Mir hat grad der Müller-Thurgau erzählt«, keucht sie, »dass ihm bei der Weintaufe noch etwas aufgefallen ist.«

Schnaufend fährt sie fort. »Er hat gesehen, wie der Abgeordnete, ehe seine Frau zurückgekommen ist, ihr Wasser ausgetrunken und das leere Glas zurückgestellt hat. Meint ihr, der hat es absichtlich ausgetrunken, damit seine Frau von seinem Wein trinken muss?«

Augenblicklich steige ich aus.

»Komm, Berta, wir gehen zur Annerl rein und ich ruf den Sepp an. Währenddessen erzählst du uns noch einmal Wort für Wort, was Müller-Thurgau gesagt hat.«

In Annerls Stube ist es kuschelig warm.

Berta und ich setzen uns um den großen Esstisch im Wohnzimmer, Annerl bringt flugs eine Flasche Obstler mit drei Stamperln und schenkt ein.

»Prost!«

»Zum Denken brauch ma a Hilfe!«, grinst sie und macht es sich neben Berta bequem.

Mein Smartphone in der rechten, das Stamperl in der linken Hand, lausche ich dem Freizeichen. Endlich meldet sich Sepp.

»Hallo, Sandra! Gibt's was Dringendes? Ich bin grad mit Angela unterwegs nach Klein Schiessling.«

»Das trifft sich gut! Ich sitze mit Berta bei Annerl zu Hause und habe etwas erfahren, was dich interessieren könnte.«

»Wir kommen!«

Kapitel 19

Der Befund der Spurensicherung liegt vor. Langsam blättert ihn Christian Fuchs durch und hält plötzlich inne.

Das ist ja ein Ding!

»Schreiner!«, brüllt er ins Telefon. »Komm rüber. Der Bericht der Kriminaltechnik ist eingetroffen!«

Inspektor Schreiner keucht ins Chefzimmer.

»Das musst du dir anhören! Unsere Techniker waren wirklich erfolgreich.

Auf dem Weinglas, aus dem sowohl Severin Plümpel als auch Zoe Rotfuchs getrunken haben, wurden nur deren Fingerabdrücke und die von Hedwig Uhudler und Berta Pitzer gefunden!«

»Na und, Chef? Wir wissen doch, dass beide aus dem Weinglas getrunken haben und sowohl Frau Uhudler als auch Frau Pitzer die Gläser angegriffen hatten.«

»Überleg doch, Schreiner! Es müssten zusätzliche Fingerabdrücke drauf sein. Zumindest die vom Täter.

»Nicht unbedingt, Chef! Es könnte sich dabei auch um ein Ablenkungsmanöver handeln. Jeder im Saal hatte Gelegenheit, ein Briefchen mit Pulver in das Glas rieseln zu lassen, ohne es anfassen zu müssen.«

Christian Fuchs denkt über Schreiners Einwand nach.

»Möglich!«

»Soviel ich weiß, Chef, wurden die Gläser auch laufend durch frische ersetzt.«

Christian Fuchs kann Schreiner nicht widersprechen.

»Aber hör weiter zu. Auf dem Rezept, das Frau Uhudler unter dem Tisch im Kulturhaus gefunden hat, sind nicht nur Fingerabdrücke unserer Klein Schiesslinger Grazien drauf, sondern auch die unseres Abgeordneten Severin Plümpel.«

Auch hier verhält sich Schreiner zurückhaltend.

»Das heißt nur, Chef, dass er es in der Hand hatte. Viel interessanter wäre für uns zu wissen, um was für ein Medikament es sich dabei handelt. Ich meine dabei nicht die Rückseite des Zettels mit den Giftfragmenten, sondern die Vorderseite.«

Der Chefinspektor blättert eine Seite weiter.

»Da steht es! Das Medikament, es handelt sich dabei um Tropfen, wird von Augenärzten bei Grünem Star verordnet.«

Das gefällt Schreiner und er wird euphorisch.

»Jetzt müssten wir nur noch wissen, ob unser Herr Abgeordneter an Grünem Star leidet.«

»Am besten wird sein, Schreiner, du erkundigst dich bei allen Augenärzten, erst einmal in Wien, ob einer von ihnen Severin Plümpel das Zeug verordnet hat.«

»Aber Chef!«, empört sich dieser. »Das kann Monate dauern, bis ich damit durch bin. Außerdem werden die sich hinter der ärztlichen Schweigepflicht verschanzen und wir schauen durch die Finger.«

Christian Fuchs nickt. »Du hast recht, Schreiner. Aber irgendwie müssen wir das in Erfahrung bringen.«

»Fragen wir ihn halt selbst, den werten Herrn Abgeordneten!«

Christian Fuchs streicht über seine ergrauten Schläfen und denkt nach.

»Das wäre das Einfachste, aber nicht wir werden ihn befragen, Schreiner, sondern unser Herr Oberministerialrat! Wozu hat er denn seine Hilfe angeboten?«

Das Telefonat mit Oberministerialrat Dr. Dr. Wolfgang Pfeiffenhuber dauert nicht lange. Zum Schluss fragt er:

»Sind Sie sicher, Kollega, dass Sie das weiterbringt?«

»Ja, wir sind uns sicher, Herr Oberministerialrat.«

»Ich kümmere mich drum!«

Christian Fuchs seufzt und Schreiner stimmt ein.

»Was steht denn sonst noch in dem Bericht?«

Der Chefinspektor nimmt die Mappe, die den Bericht enthält, neuerlich zur Hand und blättert weiter.

Doch außer, dass alles im Saal des Kulturhauses mit Fingerabdrücken übersät war, die sich kaum zuordnen lassen, können die Techniker nicht viel berichten. Das Interessanteste ist, dass auf der Tischplatte vor dem Abgeordneten auch die Fingerabdrücke von Josef Müller-Thurgau gefunden wurden. Christian Fuchs schiebt diese Seite Schreiner zu und deutet mit dem Zeigefinger auf die bestimmte Stelle.

»Was sagst du dazu?«

Schreiner liest einmal, noch einmal, dann schaut er auf und meint spontan:»Ich fahr nach Klein Schiessling!«

»Freiwillig, Schreiner?« Christian Fuchs wundert sich über seinen Inspektor, der fast alles gern macht, nur nicht freiwillig nach Klein Schiessling zu fahren.

»Wäre es nicht besser, wir laden den Winzer vor?«

»Noch besser, Chef. Womöglich laufe ich einer dieser Dorftratschen über den Weg, dann ist der Tag für mich gelaufen.«

Christian Fuchs schüttelt lachend den Kopf.

»Schreiner, Schreiner. Manchmal versteh ich dich nicht. Diese Annerl Passer zum Beispiel ist doch ein echtes Unikum. Von denen gibt es nicht mehr allzu viele. Darüber hinaus kennt sie die Klein Schiesslinger wie ihre Westentasche. Wenn du also etwas über einen Bewohner dieses Ortes wissen willst, bist du bei ihr unbedingt richtig!«

Der Meinung kann sich Schreiner nicht anschließen. Er wendet sich seinem Büro zu, um Josef Müller-Thurgau auf die Polizeistation zu bestellen. Danach geht er nochmals zurück ins Chefzimmer.

»Steht sonst noch etwas in dem Bericht, das uns weiterhilft, Chef?«

Christian Fuchs reicht ihm die Mappe.

»Kannst ja selbst lesen. Mir ist nichts weiter aufgefallen, was interessant wäre.«

Nachdem Schreiner mit der Mappe verschwunden ist, lehnt sich Christian Fuchs im Sessel zurück, streckt beide Arme in die Höhe und gähnt herzhaft. Wann kann ich denn endlich Urlaub machen, fragt er sich. Noch nie sehnte er sich so sehr nach Mallorca wie in diesen Tagen. Nicht nur das Wetter verleidet ihm den Aufenthalt im Waldviertel, sondern auch der Mordfall, in den nicht einmal eine attraktive Frau verwickelt ist, die er trösten könnte. Er schließt die Augen und befindet sich auch schon in seinem Traumhotel. Langsam steigt er die Stufen zum hoteleigenen Strand hinunter, atmet den würzigen Duft der Zitronen ein, die in großen Kübeln den Weg säumen, bis ihn das monotone Rauschen des Meeres umfängt.

»Chef!«

Christian Fuchs springt auf! »Kannst nicht anklopfen, Schreiner?«

»Hab ich doch, aber Sie haben es wieder einmal überhört.«

»Was gibt's denn so Wichtiges, dass du mich stören musst?«

»Das sollten Sie genau lesen!«

Schreiner schiebt die Mappe mit dem Bericht der Spurensicherung über den Schreibtisch und deutet auf eine Stelle.

»Hier steht, dass auf dem Henkel von Zoes Handtasche ein Fingerabdruck Plümpels gefunden wurde. Jetzt frage ich mich, was hatte der in der Handtasche seiner Frau zu suchen?«

Der Chefinspektor hat seinen Tagtraum verlassen und schiebt langsam die Augenbrauen hoch.

»Dafür könnte es eine ganz simple Erklärung geben.«

»Und die wäre, Chef?«

Schreiner lässt nicht locker. In diese Entdeckung der Spurensicherung hat er sich verbissen wie ein Hund in einen Knochen.

Schulterzuckend erhebt sich Christian Fuchs von seinem Sessel und geht zum Fenster. Auf der Bundesstraße unter ihm staut sich laut hupend der Verkehr vor der roten Ampel. Angewidert dreht er sich weg und lässt sich in den Sessel zurückfallen und mustert Schreiner.

»Vielleicht hat er ihr ja nur galant die Tasche gereicht?«

Das entlockt seinem kleinen Inspektor einen Lacher.

»Der und galant. Der ist doch ein ichbezogener Rüpel!«

Insgeheim stimmt ihm der Chefinspektor zu, kann sich aber nicht verkneifen, Schreiner trotzdem Kontra zu geben.

»Vielleicht gab es ja Augenblicke, in denen er auch ganz nett war. Warum sonst hätte Zoe Rotkopf ihn geheiratet?«

»Warum? Warum?«, echauffiert sich Schreiner. »Das kann ich Ihnen sagen. Die wollte sich in ein gemachtes Nest setzen und nie wieder arbeiten. Außerdem hat sie sich ja einen Liebhaber zugelegt, der sie in einsamen Stunden tröstet.«

»So könnte es gewesen sein«, antwortet Christian Fuchs nickend. »Aber was beweist uns das?«

»Nix, Chef! Überhaupt nix!«

KAPITEL 20

Abgeordneter Severin Plümpel verlässt sein Wohnhaus in der Praterstraße im zweiten Wiener Gemeindebezirk. Er freut sich auf ein köstliches Abendessen und überlegt, ob er die Aspernbrücke oder lieber ein paar Schritte bis zur Taborstraße gehen und dann die Schwedenbrücke über den Donaukanal nehmen soll, um in sein Lieblingsrestaurant, das Griechenbeisl in der Wiener Innenstadt, zu gelangen, als er plötzlich von hinten gepackt wird.

Etwas Feuchtes drückt sich auf sein Gesicht, kurz versucht er, sich zu wehren, doch rasch verlassen ihn die Kräfte, seine Sinne schwinden und er versinkt in totaler Finsternis. Im Unterbewusstsein nimmt er monotones Motorengeräusch wahr, ist aber nicht in der Lage, seine Augen zu öffnen oder gar sich zu bewegen. Einer Ohnmacht ähnlich befindet er sich im Nirgendwo.

Langsam, er kann nicht sagen, wie viel Zeit inzwischen vergangen ist, taucht sein Bewusstsein wieder auf. Das Motorengeräusch ist verstummt, und er versucht, sich zu orientieren.

Mit Schrecken stellt er fest, dass seine Hände zusammengebunden sind. Auch seine Füße kann er nicht bewegen. Sie sind eingeschlafen. Angst kriecht in ihm hoch, gleichzeitig ist er verärgert über seine missliche Lage. Seine Stirn ist feucht, er schwitzt, obwohl er gleichzeitig friert.

Trotz Finsternis versucht er, die Umgebung zu scannen, kann aber nichts sehen. Er weiß nicht, wo er ist. Seine Augen finden sich in der Dunkelheit nicht zurecht. Das Einzige, was er wahrnimmt, ist eine kalte, feuchte Wand in seinem Rücken und ein leicht säuerlicher Geruch. Dieser kommt ihm irgendwie bekannt vor.

Neuerlich droht ihm eine Ohnmacht, doch diesmal wehrt er sich heftig dagegen, indem er ein paar Mal tief ein und langsam wieder ausatmet. Dann wird er etwas ruhiger. Was war geschehen? Sein Gedächtnis und eine vage Erinnerung kehren zwar nur lückenhaft, aber trotzdem zurück. Und dann erinnert er sich plötzlich wieder.

Er hat seine Wohnung verlassen, um in seinem Lieblingsrestaurant eine Kleinigkeit zu essen, als er plötzlich von hinten gepackt und ihm ein feuchtes Etwas aufs Gesicht gedrückt wurde. Seitdem herrscht Finsternis.

Dieselbe Finsternis, die ihn auch jetzt umgibt. Sein Herz beginnt heftig zu schlagen. »Ich will hier raus«, würde er am liebsten schreien, ist sich aber sicher, dass ihn da, wo er sich befindet, niemand hören kann.

»Christian Fuchs!«

»Kollega«, meldet sich der Doppeldoktor aus dem Ministerium. »Soeben wurde mir mitgeteilt, dass Abgeordneter Severin Plümpel zu einer wichtigen Plenarsitzung am heutigen Tag nicht erschienen ist. Auch telefonisch war er nicht erreichbar, was äußerst ungewöhnlich für ihn ist. Bisher hatte er seine Termine stets korrekt und gewissenhaft wahrgenommen. Können Sie etwas über seinen Verbleib sagen?«

Der Chefinspektor wirkt leicht verstört. Warum sollte er etwas über den Verbleib des Abgeordneten wissen?

»Leider nein, Herr Oberministerialrat«, meint er deshalb leicht verwundert. »Vielleicht ist er krank?«

»Das hätte er gemeldet. Er ist, wie schon erwähnt, als äußerst gewissenhaft bekannt und würde nie ohne triftigen Grund einer wichtigen Sitzung fernbleiben. Nach dem mysteriösen Todesfall in ihrem Bezirk ist man ernsthaft besorgt, dass ihm etwas zugestoßen sein könnte. Was haben Sie dazu zu sagen?«

Der schroffe Ton ärgert den Chefinspektor jetzt aber schon. Nur weil ein Wiener Parlamentarier nicht zu einer Plenarsitzung erscheint, muss er sich ja noch lange nicht in seinem Bezirk aufhalten. Oder hält er Horn für eine Mördergrube? Er muss lachen.

»Ich kann nur nochmals betonen, Herr Oberministerialrat, dass ich nicht die leiseste Ahnung habe, wo sich der Herr Abgeordnete aufhält.«

»Sie werden nach ihm Ausschau halten! Das ist ein Befehl!«

»Selbstverständlich werde ich meine Leute dahingehend anweisen«, antwortet der Chefinspektor mokiert. »Obwohl ich mir nicht vorstellen kann, dass er sich, nachdem er nach Wien zurückgekehrt ist, neuerlich bei uns aufhalten sollte.«

Aufgelegt!

Wie immer, ohne Dank und Gruß, hat der Doppeldoktor einfach aufgelegt. Im Ministerium will man anscheinend für Höflichkeiten dieser Art keine kostbare Zeit verschwenden.

Kopfschüttelnd stellt sich Christian Fuchs ans Fenster. Er ignoriert den Straßenlärm und denkt nach. Dann ruft er seinen Inspektor zu sich.

»Chef?«

»Ich habe soeben einen merkwürdigen Anruf aus dem Ministerium erhalten. Severin Plümpel soll zu einer wichtigen Parlamentssitzung nicht erschienen sein, und man macht sich Sorgen, dass ihm etwas zugestoßen sein könnte.«

»Sind die verrückt?«, braust Schreiner auf. »Was geht uns denn dieser Kerl an? Nicht nur, dass wir ihn mit Samthandschuhen anfassen müssen, obwohl er ganz sicher seine Frau vor unseren Augen vergiftet hat, sollen wir uns jetzt auch noch darum kümmern, wo der abgeblieben ist? Der hat seine Frau umgebracht und ist untergetaucht! Das ist doch offensichtlich, Chef!«

Christian Fuchs muss Schreiner zustimmen.

»Trotzdem sollten wir Augen und Ohren offenhalten. Könnte ja sein, dass einem unserer Leute etwas auffällt.«

»Wer weiß, Chef, in welche Pampa der abgetaucht ist. So eine Reichweite haben wir nicht. Unser Arm reicht nur bis an die Grenze unseres Bezirkes.«

Neuerlich muss ihm sein Chef zustimmen.

»Sag trotzdem Bauer und Tauber Bescheid«, meint er gedehnt, »dass sie aufmerksam sein sollen.«

Unwillig vor sich hin grummelnd stiefelt Schreiner zurück in sein Büro, um den Auftrag weiterzugeben.

KAPITEL 21

»Stell dir vor, der war jetzt schon zweimal da!«

Frau Krügerl fixiert ihren Mann, der sich auf dem Weg vom Extrazimmer in die Wirtsstube befindet.

»Wer war schon zweimal da?«, fragt er über die Schulter zurück.

»Na, der Kerl. Der Blonde mit dem schmalen Oberlippenbart.«

»Aha! Und was wollte er?«

»Ein Essen zum Mitnehmen. Das brauchte bis jetzt keiner unserer Dorfbewohner. Die kochen daheim oder setzen sich bei uns an den Tisch. Dafür musste ich gestern nicht nur die letzte Aluverpackung rausgeben, die noch aus Coronazeit, wo wir Essen zum Abholen angeboten haben, übrig geblieben ist, sondern auch das Gulasch aufwärmen. Wenn er heute wieder auftaucht«, sie lacht, »muss ich ihm die Schwammerlsauce ins Bierkrügel füllen.«

Josef Maria Krügerl findet das nicht lustig.

»Und wo kommt der her?«, fragt er seine Frau. »Ist der zugezogen in Klein Schiessling?«

»Keine Ahnung. Trotzdem kommt er mir bekannt vor, ich weiß nur nicht, wo ich ihn hintun soll.«

»Frag ihn halt, wenn er wieder kommt.«

Der Wirt begibt sich hinter die Theke und beginnt, mit einem Geschirrtuch Gläser zu polieren, die ohnehin glänzen wie ein frischgeputzter Kronleuchter. Murrend über die wenig hilfreiche Antwort ihres Mannes, macht sich Frau Krügerl auf in die

Küche. Es geht auf Mittag zu und die Semmelknödel gehören ins kochende Wasser. Dazu gibt es Schwammerlsauce mit Sauerrahm.

Die Wirtshaustür öffnet sich, und Annerl Passer und Berta Pitzer betreten die gute Stube des Dorfwirtshauses.

»Griaß di, Annerl, griaß di, Berta!«

Josef Maria geht auf die beiden zu und bietet ihnen Plätze am Stammtisch an, was selten vorkommt, denn meistens ist der besetzt.

»Setzt euch da her! Von den Stammtischlern ist heut ohnehin noch keiner da.« Er wischt mit dem Geschirrtuch kurz über die Tischplatte und stopft es dann in seine blütenweiße Schürze. »Wollt ihr was trinken oder aufs Mittagessen warten?«

»Bring uns einstweilen zwei Gspritzte. Die Sandra kommt auch gleich.«

Berta Pitzer lächelt dem Wirten zu und beugt sich Annerl entgegen, die auf den Fensterplatz gerutscht ist, um ihr etwas zuzuflüstern. Kaum sitzen sie, gesellt sich Frau Krügerl zu ihnen.

»Wie läuft das Geschäft?«, fragt Berta höflichkeitshalber und deutet auf den Platz neben sich.

»Gut, wie immer. Jetzt kommt sogar schon zum zweiten Mal ein junger Mann und bestellt Essen zum Mitnehmen.« Dann beschreibt sie das Aussehen des Mannes.

Aha.

»Für wen holt er des?«, will die Dorftratschen wissen.

»Keine Ahnung! Mir kommt der aber bekannt vor. So, als hätte ich ihn schon irgendwo einmal gesehen.«

Ich betrete das Wirtshaus und steuere auf den Stammtisch zu. Annerl winkt mir zu und Frau Krügerl springt auf. »Ich muss mich um das Mittagessen kümmern«, sagt sie und ist auch schon weg.

Nachdem meine Jacke an der Garderobe hängt, setze ich mich dazu.

»Gibt's was Neues?«

»Neeiin«, zögert Berta, erzählt aber trotzdem, was sie von der Wirtin erfahren haben.

»Merkwürdig«, meine ich. »Der Liesel ist auch ein junger Mann aufgefallen, auf den diese Beschreibung passt. Der ist am Abend der Weintaufe in ein Auto mit Wiener Kennzeichen gestiegen. Ob es sich dabei um denselben jungen Mann handelt?«

»Die Liesel! Die Liesel!«, pfaucht Annerl. »Was die immer g'sehn ham will!«

Berta Pitzer zieht ihre Augenbrauen bis zum Haaransatz hinauf, doch ehe sie antworten kann, pflanzt sich Josef Maria Krügerl vor mir auf.

»Was darf's denn sein?«

Die beiden Gspritzten, die bereits auf dem Tisch stehen, lachen mich verlockend an.

»Auch einen Gspritzten, bitte.«

»Kommt sofort!«

Josef Maria mischt mein Getränk und prompt steht es auch schon vor mir.

»Danke!«

»Könnte der in Klein Schiessling zugezogen sein?«

Meine Frage wird von Berta energisch verneint.

»Aber irgendwohin muss er ja mit dem Essen gehen.«

Annerl lacht und hätte sich dabei fast an ihrem Gspritzten verkutzt.

»Gehn ma ihm halt nach, wenn er wieder kommt. Dann wiss mas.«

»Du willst ohne besonderen Grund einen fremden Mann verfolgen? Und wenn der uns bemerkt, was dann?«

»Wir wohnen schließlich hier«, unterstützt Berta ausnahmsweise Annerls Vorschlag. »Wir können hingehen, wohin wir wollen!«

»Genau!«

»Du weißt ja nicht einmal, ob und wann der wieder kommt«, gebe ich zu bedenken, werde aber augenblicklich eines Besseren belehrt. Die Wirtshaustür schwingt auf und herein spaziert unser aktuelles Gesprächsthema, geht zur Theke und bestellt ein Mittagessen zum Mitnehmen.

Wir senken rasch unsere Blicke Richtung Tischplatte, schalten dafür aber unsere Ohren online. Frau Krügerl hat den Unbekannten an der Stimme erkannt und sucht in ihrer Küche nach einem geeigneten Gefäß.

»Ein bisserl dauert's noch!«, ruft sie, streckt ihren Kopf durch die Küchentür und zwinkert uns zu.

»Zahlen, bitte!«, rufe ich und trinke schnell mein Glas leer. Dann eile ich Annerl und Berta hinterher, die bereits auf der Straße stehen. So schnell haben die zwei noch nie unser Dorfwirtshaus verlassen.

»Los! Stellen wir uns unter den Kircheneingang! Dort kann er uns nicht sehen, wenn er aus dem Wirtshaus kommt.«

Zum Glück befindet sich die Klein Schiesslinger Kirche genau gegenüber dem Wirtshaus, was von den männlichen Dorfbewohnern als überaus praktisch empfunden wird. Können sie doch gleich nach dem sonntäglichen Gottesdienst ins Wirtshaus einfallen, ohne unnötige Fußmärsche auf sich nehmen zu müssen.

Wir warten einige Minuten, dann verlässt unser Zielobjekt das Dorfwirtshaus, überquert die Straße und wendet sich Richtung Kellergasse. Und wir hinterdrein!

»Vorsicht«, flüstere ich. »Wir müssen Abstand halten, sonst bemerkt er uns.«

Geduckt, wie in einem schlechten Kriminalfilm, schleichen wir ihm nach.

Dann sehen wir, wie er mitsamt der Essensschüssel in einem der Weinkeller am Anfang der Kellergasse verschwindet.

»Was will er denn dort?«

Ein paar Minuten lassen wir verstreichen, dann schleichen wir uns näher an den Keller ran. Die Tür hat der Unbekannte leider hinter sich geschlossen, sodass wir jetzt planlos davorstehen und nur die geschlossene Eingangstür betrachten können.

»Und jetzt?«

Berta und Annerl kuscheln sich aneinander. Scheinbar frieren sie. Das Thermometer stand gerade einmal auf plus drei Grad, als ich ins Auto gestiegen bin.

Egal!

Viel Zeit bleibt uns nicht, weitere Überlegungen anzustellen, denn schon knarzt die Holztüre. Erschrocken machen wir ein paar Schritte vom Keller weg, schauen in die andere Richtung und beginnen aufgeregt miteinander zu tratschen, so, als wäre es das Normalste von der Welt. Gleich darauf tritt der Blonde auf die Straße. Allerdings ohne Essensschüssel. Hat er die im Keller gelassen? Und zu welchem Zweck? Unsere Neugierde wächst. Was spielt sich da in Klein Schiessling ab, von dem wir nichts wissen?

Die Köpfe dicht zusammengedrängt, stehen wir beisammen und schalten auf harmlos, während der Unbekannte mit einem überdimensionalen Schlüssel den Weinkeller hinter sich versperrt. Er eilt, ohne uns zu beachten, mit großen Schritten den Weg zurück, den er gekommen ist. Allerdings nicht bis zum Kulturhaus, sondern Richtung Etzdorf. Weiter können wir ihn nicht verfolgen, weil ein Traktor entgegenkommt und uns nicht nur den Weg versperrt, sondern auch die Sicht.

Verdammt!

»Was hat der in dem Keller gemacht? Und wessen Keller ist das überhaupt?«

»Der Keller gehört den Müller-Thurgaus«, beantwortet Berta meine Frage.

»Die san doch gar net da!«, mischt Annerl mit. »Die san auf Urlaub. Hat mir die Maria erzählt. Da hat der doch gar nix drin verloren.« Schnaufend fügt sie an: »Ich glaub, die Maria hat g'sagt, sie fliegn nach Sizilien.«

Sizilien!

Dort wäre ich jetzt auch lieber als hier, bei dem kalten Mistwetter.

Mein letzter Aufenthalt auf Sizilien liegt leider schon etliche Jahre zurück. Damals wohnte ich in einem alten Kloster in Taormina. Der romantische Ort mit seinen engen Gassen und noblen Geschäften befindet sich zwischen Messina und Catania, liegt oberhalb einer Steilküste mit Blick auf das Mittelmeer und direkt am Fuße des Monte Tauro.

Erklimmt man den steilen Berghang, bietet sich landeinwärts ein ehrfurchtsvoller Blick auf den stets rauchenden Ätna, und talwärts auf die Überreste des einstmals spektakulären Römischen Theaters, eingebettet in blühende Mandel- und Orangenbäume. Und in den Geschäften werden Köstlichkeiten aus Marzipan angeboten. Einen Augenblick kann ich sogar die warmen Sonnenstrahlen auf meiner Haut spüren und ich seufze.

»Was hast denn, Sandra?«

Berta hat meinen schweren Seufzer bemerkt.

»Ich dachte soeben daran, um wie viel schöner es jetzt auf Sizilien wäre.«

»Ja, ja!«, führt sie meinen Tagtraum fort. »Dort könntest du mit deinem Sepp unter duftenden Orangenbäumen lustwandeln und uns mit dem Mordfall allein lassen.«

Wie recht sie hat!

»Nix da!«, mischt Annerl mit. »Für solche Sachen ham ma jetzt ka Zeit! Wir müssen ermitteln.«

Womit ich wieder am Boden der Realität gelandet bin.

Vorsichtig lugen wir um die Ecke und sehen gerade noch, wie der Blonde tatsächlich vor dem Friedhof in einen geparkten schwarzen Wagen springt und losfährt, direkt auf uns zu. Erschrocken drehen wir uns weg, aus den Augenwinkeln kann ich jedoch gerade noch erkennen, dass es sich um einen Audi mit Wiener Kennzeichen handelt. Das Nummernschild zu entziffern, ist sinnlos. Erstens rast das Fahrzeug mit einem Affenzahn an uns vorbei und zusätzlich ist das Nummernschild verdreckt.

»Und was mach ma jetzt?«, fragt unsere Dorftratschen verärgert. Doch darauf finden weder Berta noch ich eine Antwort.

KAPITEL 22

Sepp sitzt bei mir im Wintergarten und wir trinken Kaffee. Beiläufig erwähne ich, nicht ohne schlechtes Gewissen, unsere Observierung. Er wird unruhig.

»Ich hab euch doch schon hundert Mal gesagt, ihr sollt euch nicht in unsere Arbeit einmischen.«

Die Aufforderung seines Chefs, nach Abgeordnetem Severin Plümpel Ausschau zu halten, und dem, was er von mir soeben erfahren hat, lässt ihn aber plötzlich hellwach werden.

»Weißt du, wem der Keller gehört, in den der Unbekannte verschwunden ist?«

»Die Berta hat gesagt, der Weinkeller gehört Josef Müller-Thurgau.«

»Waaas???«

Erschrocken fahre ich zurück und mustere ihn, nicht ohne meine Stirn in Falten zu schieben.

»Was hast denn? Was ist denn los?«

»Beschreib mir auf der Stelle, wie dieser Mann ausgesehen hat!«

Nachdem er es erfährt, schnellt er hoch und zückt sein Smartphone.

»Angela, hör zu! Ich vermute, der Mann mit dem Oberlippenbart, der mir bei der Weintaufe aufgefallen ist, weil er sich heftig mit Tobias Schreivogel unterhalten hat, hält sich in Klein Schiessling auf. Komm her!«

»Bin schon unterwegs!«

»Ich warte bei der Sandra auf dich, dann kannst du vorher noch einen Kaffee trinken.«

Traurig schaut er mich an und sein Blick spricht Bände. Diesen Nachmittag hat er sich ganz bestimmt schöner vorgestellt. Und ich auch.

»Die Angela kommt vorbei. Hast du noch Kaffee für sie?«

Meine sehnsüchtigen Gedanken abschüttelnd, eile ich in die Küche und komme mit einem frischen Häferl und der Kaffeekanne zurück.

»Hoffentlich kommt sie bald, sonst ist der Kaffee kalt.«

Doch meine Befürchtung ist überflüssig. Ein Streifenwagen rollt hinter Sepps Auto, Angela springt heraus, sprintet die Stufen zum Haus herauf, geradeaus durch den Flur und weiter in den Wintergarten. Dann lässt sie sich neben Sepp fallen.

»So, und jetzt erzählts einmal in aller Ruhe, warum ihr mich durch die Gegend gehetzt habt.«

Sie macht einen Schluck von ihrem Kaffee, den ich in Windeseile eingeschenkt habe, verdreht genussvoll die Augen und rückt sich gemütlich im Sessel zurecht.

»Also, los!«

Und nachdem wir Angela alles berichtet haben, meint sie: »Wir sollten den Schreiner informieren.«

»Ich glaube, dass das keine gute Idee ist.«

Sepp verstrubbelt gedankenverloren seine Haare und schaut nun aus wie ein Igel, der nach einem erholsamen Winterschlaf aus seinem Laubhaufen krabbelt.

»Was glaubst du«, fragt er Angela, »was der uns erzählen wird? Der argumentiert doch sicher damit, dass jeder hingehen kann, wohin er will. Mit oder ohne Essen.«

Während er die Situation überdenkt, streicht er seine Haare wieder so halbwegs glatt.

»Was machen wir dann?«

Sepp zuckt mit den Schultern.

»Mich würde vielmehr interessieren«, mische ich mich ein, »wie der Kerl überhaupt zum Schlüssel des Kellers gekommen ist. Ist er mit den Müller-Thurgaus bekannt, verwandt oder sonst wie verbandelt? Wieso hat er einen Schlüssel zu einem Weinkeller, der offensichtlich nicht ihm gehört? Maria und Josef Müller-Thurgau weilen doch, wie Annerl erzählt hat, für zwei Wochen auf Sizilien.«

»Gute Frage. Schade ist auch«, bedauert Angela, »dass ihr das Kennzeichen von seinem Wagen nicht sehen konntet, sonst wüssten wir wenigstens, mit wem wir es zu tun haben.«

»Warum fragt ihr nicht Tobias Schreivogel? Der muss doch wissen, mit wem er sich bei der Weintaufe vor dem Kulturhaus unterhalten hat.«

»Geht leider nicht! Der ist seit dieser vermaledeiten Weintaufe verschwunden. Er hat sich am Montag bei seiner Dienststelle ordnungsgemäß krankgemeldet und ist seitdem nicht auffindbar. In seiner Wohnung ist er, laut den Kollegen aus Wien, auch nicht.«

Ich stehe auf, sammle das leere Geschirr ein, trage es in die Küche, stiefle zurück in den Wintergarten und setze mich wieder an den Tisch.

»Das kommt mir alles sehr merkwürdig vor. Zuerst verschwindet Tobias Schreivogel und danach Severin Plümpel. Dann taucht ein Fremder in Klein Schiessling auf, trägt Essen aus dem Wirtshaus in einen Weinkeller, der ihm nicht gehört, und wir sitzen da, und haben keine Ahnung, was mit all dem Wissen anzufangen ist.«

Angela Bauer nickt, legt die Stirn in tiefe Falten, und während sie auch noch ächzt, bringt sie mich auf eine Idee.

»Bis jetzt ist er dreimal im Wirtshaus aufgetaucht? Vielleicht haben wir Glück, und er kommt morgen noch einmal. Dann geht ihr ihm einfach nach und schaut, was er in dem Keller treibt.«

»Und was machen wir«, will Sepp wissen, »wenn er nicht kommt? Wenn er das, was er zu tun hatte, bereits erledigt hat?«

»Dann öffnet ihr mit einem Dietrich das Schloss und kontrolliert den Weinkeller.«

Doch mein gut gemeinter Vorschlag wird augenblicklich abgewürgt.

»Wenn der Schreiner das erfährt, bekommt er einen Tobsuchtsanfall.«

Angela Bauer fühlt sich bei dem Gedanken, unbefugt und nicht ohne zwingenden Grund in einen Weinkeller einzudringen, nicht wohl in ihrer Haut.

»Besser für uns wäre es«, ergänzt sie, »er kommt morgen wieder und wir können ihm folgen. Obwohl«, frustriert schüttelt sie den Kopf, »das ist auch nicht viel besser. Wir haben keine Handhabe, ihn zu observieren. Er hat sich nichts zu Schulden kommen lassen. Nur weil er Essen in den Weinkeller der Müller-Thurgaus trägt, die allerdings zurzeit nicht im Land sind, begeht er noch lange keine Gesetzesübertretung.«

»Ich würde sagen, es ist trotzdem einen Versuch wert. Sonst«, lache ich schallend, »brechen eben wir in den Keller ein und schauen uns um. Uns kann der Schreiner ja nicht …«

Der Protestschrei, der mich fast zu Tode erschrickt, ist sicherlich bis in den Ort hinunter zu hören.

Trotzdem!

Je länger ich diese Idee in meinem Kopf herumwälze, umso besser gefällt sie mir. Ich bin sicher, dass sie auch Annerl gefallen würde.

Wie sich Berta dazu verhält, kann ich nicht einschätzen, glaube aber, dass auch sie einem kleinen Abenteuer unter dem Titel »Schnüffelei« nicht abgeneigt wäre.

Nachdem Sepp und Angela sich verabschiedet haben, nicht ohne mich wiederholt und eindringlich vor diesem Vorhaben zu warnen, rufe ich Annerl an. Es wäre doch gelacht, wenn wir das merkwürdige Verhalten des Unbekannten nicht selbst aufklären könnten.

Doch es kommt immer anders, als man denkt.

Die Rosenheimcops melden einen eingehenden Anruf, der mich daran hindert, in den Garten zu gehen. Nicht um zu garteln, was bei diesem Sauwetter sinnlos wäre, sondern um Vogelfutter in diverse Futterhäuschen und Silos zu füllen. In einem finden meine Piepmätze geschälte Sonnenblumenkerne, im anderen gehackte Erdnüsse, und in der Futtersäule Insektenknödel.

»Hallo Berta!«, melde ich mich, weil ich auf dem Display ihr Konterfei erkenne.

Ohne Gruß, und aufgeregt bis zum Gehtnichtmehr, plärrt sie in den Apparat, den ich rasch von meinem Ohr wegziehe.

»Du, Sandra, ich hab einen Zweitschlüssel zum Weinkeller der Müller-Thurgaus. Wir könnten uns drinnen umschauen?«

Mir bleibt die Spucke weg.

»Woher hast du den, Berta?«, frage ich scharf. Ich möchte mich nicht wegen unerlaubten Aneignens des Kellerschlüssels einer Straftat schuldig machen. Und so wie es geklungen hat, ist dies offensichtlich der Fall.

»Er hing auf dem Schlüsselbrett auf der Gemeinde. Dort hängen für jeden Keller Schüssel. Es könnte ja sein«, sie stockt, »dass die Feuerwehr oder wer anderer dringend hinein muss.«

Dachte ich es mir doch! Ehe ich ihr aber zu verstehen geben kann, dass die Entwendung fast einem Diebstahl gleichkommt, spricht sie schon aufgeregt weiter:

»Komm runter! Wir warten vor dem Keller auf dich. Und beeil dich! Die Annerl steigt schon nervös von einem Fuß auf den anderen und kann es kaum erwarten, hineinzugehen.«

»Bin schon unterwegs!«

Kurz nach dem Anruf bremse ich vor den beiden und springe aus dem Auto, genau in dem Moment, als unser Gemeinderat Michael Rieslinger mit seinem Traktor vorbei rattert. Freundlich winkt er uns zu, wir winken zurück, und schon ist er um die Ecke verschwunden. Ich wende mich der verschlossenen Kellertür zu. Wir sollten keine Zeit verlieren. Es interessiert mich nicht mehr, wie Berta zu dem Kellerschlüssel gekommen ist, ich will nur endlich wissen, was uns drinnen erwartet. Annerl hüpft aufgeregt von einem Bein auf das andere und Berta schaut blass aus der Wäsche. Ich atme tief durch.

»Also, los!«

Mit zittrigen Fingern steckt Berta den überdimensionalen Schlüssel in das alte Schloss, das knarrend aufspringt. Wir schauen uns um, ob wir womöglich beobachtet werden. Doch Michael Rieslinger ist weitergefahren, und auch sonst ist weit und breit niemand in der Kellergasse zu sehen. Vorsichtig drücken wir die Tür ein klein wenig auf, schlüpfen durch den engen Spalt und schließen hinter uns sorgfältig ab. Den Schlüssel lassen wir auf der Innenseite stecken. Sollte jemand von außen aufsperren wollen, hat er Pech gehabt.

Im ersten Moment sehen wir nix! Nur Finsternis!

»Dort ist der Schalter!«, flüstert Berta.

Augenblicklich ist die steil vor uns abfallende Kellertreppe in Licht getaucht. Ehe wir langsam die Stufen hintereinander hinabsteigen, lauschen wir, ob etwas Verdächtiges zu hören ist. Aber außer, dass mein Herz bis zum Hals pumpert und Berta erbärmlich vor Angst schnauft, ist nichts zu hören. Wir nehmen Stufe um Stufe und halten dabei die Augen offen. Annerl stapft mutig voraus. Sie fühlt sich sichtlich gut bei unserem Unterfangen. Schließlich war sie ja auch diejenige, die unbedingt erforschen wollte, was den Unbekannten seit ein paar Tagen in diesen Keller treibt. Nur Berta nimmt zaghaft eine so halbwegs ausgeleuchtete Stufe nach der anderen, bis eine unbeleuchtete Kellerröhre sie einbremst. Ihre Augenbrauen wandern bis zum Haaransatz hinauf, was ich gerade noch erkennen kann, weil das mickrige Licht hinter uns die Dunkelheit ein wenig verdrängt. Annerl deutet mit dem Kopf nach vorn, dabei drückt sie meinen Arm, während Berta erbärmlicher schnauft.

Ich stelle fest, dass Schnüffeln nur lustig ist, solange man es aus der Ferne betrachtet. Befindet man sich mittendrin, kann es mitunter ganz schön aufregend sein.

Forsch drehe ich den Schalter zu meiner Rechten und sogleich liegt das hintere Kellerabteil, vor dem wir dicht gedrängt stehen, spärlich beleuchtet vor uns. Berta und ich halten den Atem an, Annerl wagt einen mutigen Schritt nach vorn.

Auf der rechten Seite liegen Weinfässer dicht aneinandergereiht, eines davon ist aufgestellt, darauf steht ein leeres Glas neben einem Weinheber. Und auf der anderen Seite …!

»Jessas, a Leich!«, schreit Annerl.

Uns stockt der Atem!

Mit Gewalt drücke ich die Hand auf meinen Mund, um nicht laut zu schreien.

KAPITEL 23

»Sandra, was gibt's? Angela und ich sind auf Streife. Wenn es nicht wichtig ist, melde ich mich später bei dir.«

»Nein!«, flüstere ich fast unhörbar. »Ihr müsst sofort kommen. Wir haben etwas Schreckliches gefunden! Im Keller der Müller-Thurgaus liegt …«

Weiter komme ich nicht. Heftig beginnt es mich zu schütteln, ich kann nicht weitersprechen, was auch nicht notwendig ist. Sepp kennt mich und hat kapiert.

»Wir kommen! Bleibt, wo ihr seid, und rührt nichts an.«

Ich nicke Annerl und Berta zu, ohne meinen starren Blick von dem Stoffbündel an der feuchten Kellerwand loszureißen.

»Er kommt!«

Eigentlich sollten wir uns um den Menschen kümmern, doch weder Berta noch ich verspüren Lust dazu. Annerl anscheinend auch nicht, obwohl sie die Mutigere von uns ist. Ich könnte höchstens einen Notarzt rufen, was ich aber bleiben lasse. Sepp und Angela wollen sicher die Lage ebenso vorfinden wie wir, um ihre Schlüsse daraus ziehen zu können. Und weil uns im Moment nichts Besseres einfällt, befolgen wir Sepps Rat: Bleiben, wo wir sind, und rühren nichts an.

Nur hier unten, noch dazu mit einem uns unbekannten Stoffbündel, fühlen wir uns ganz und gar nicht wohl. Deshalb stolpern wir über die steilen Stufen eilig nach oben und fliehen nach draußen, wo wir erleichtert aufatmen. Noch nie erschien mir der Anblick unserer Kellergasse so vertraut und heimelig wie jetzt.

Wir sind geschockt und unsere Zähne klappern, was eine Unterhaltung unmöglich macht. Was sollte man zu diesem schaurigen Anblick auch sagen? Andererseits, was haben wir erwartet, hier unten vorzufinden? Stille Zecher, die uns zuprosten?

Der Ausspruch unserer Großeltern – erst denken, dann handeln – wäre vielleicht angebracht gewesen.

Andererseits – hätten wir nicht gehandelt, wäre das Menschenbündel auch nicht entdeckt worden. Zumindest nicht so schnell!

Es dauert nicht lange, und Sepp und Angela springen aus dem Streifenwagen, rennen auf uns zu und fragen im Duett:

»Was ist passiert?«

Sepp betrachtet unsere schuldbewussten Gesichter und muss grinsen. Nur Angela Bauer bleibt ernst und geht langsam auf die offene Kellertür zu.

»Was erwartet mich da drinnen?«

Ihr energischer Tonfall lässt keine Zweifel offen. Wir haben wieder einmal über die Stränge geschlagen und uns in Polizeiarbeit eingemischt, die uns nichts angeht.

Stumm und festgewachsen wie drei Marmorstatuen aus dem antiken Griechenland verfolgen unsere Blicke die beiden bei ihrem Abstieg in den Keller.

Keine zehn Pferde würden mich noch einmal da hinunter bringen!

Sepp Tauber erreicht knapp vor seiner Kollegin die hintere Kellerröhre. Der Anblick, der sich ihm bietet, ist nicht gerade menschenfreundlich. Angela Bauer nähert sich der Gestalt und dreht ein wenig deren Kopf.

»Herr Abgeordneter Plümpel!«

Sepp Tauber zückt sein Telefon und verständigt den Notarzt. Plümpel zittert wie Espenlaub, was nicht verwunderlich ist. Im Keller hat es maximal acht Grad. Angela Bauer eilt zurück zum

Streifenwagen, holt eine Decke und legt sie dem Mann um die Schultern. Dankbar schaut der auf.

»Was ist denn passiert?«

Angela Bauer wickelt die Decke fest um seine Schultern und massiert kräftig seine Arme.

Sepp kommt näher.

»Herr Abgeordneter? Können Sie mich hören?«

Ein leises Gekrächze ist die Antwort. Besorgt blicken beide auf den an Händen und Füßen gefesselten Mann. Neben ihm am Fußboden stehen unberührte Essensbehälter, sicherlich die von Frau Krügerl. Zum Glück dauert es nicht lange, bis von oben laute Stimmen zu hören sind.

Mit Gepolter stapfen zwei Sanitäter und ein Notarzt die steilen Stufen in die Kellerröhre hinunter. Der Notarzt wundert sich, dass bei dieser Steilheit und den ausgetretenen Stufen noch niemand gestürzt ist und sich das Genick gebrochen hat. Vor allem, wenn etliche Promille im Blut sind.

Er erreicht das hintere Kellerabteil und sondiert mit einem Blick die Situation. Angela Bauer schiebt er zur Seite und beugt sich über Severin Plümpel. Nach einem kurzen Check holen die beiden Sanitäter eine Trage, auf die sie vorsichtig den unterkühlten Mann legen. Dann erst nehmen sie ihm die Fesseln ab, decken ihn zu und hetzen die steilen Stufen zurück zum Notarztwagen.

Annerl, Berta und ich schauen dem blinkenden Blaulicht hinterher, das mit rasanter Geschwindigkeit Klein Schiessling verlässt. Mit schuldbewusst gesenkten Köpfen erwarten wir eine Standpauke. Doch weit gefehlt.

»Das war Rettung in letzter Minute!«

Sepp kommt auf mich zu, legt seinen Arm um mich und drückt mich fest an sich.

»Eigentlich müsste ich schimpfen, aber«, kurz zögert er, »danke! Danke für euer Schnüffeln.«

Wir können es kaum fassen. Keine Schimpftirade, kein Tadel, rein gar nichts?

»Auch von mir, danke!«

Angela Bauer schließt mit dem großen, schweren Eisenschlüssel die Kellertür hinter sich ab, steckt ihn ein und wendet sich Richtung Streifenwagen.

»Ohne eure Neugier wäre der Mann wahrscheinlich gestorben.«

Stolz marschieren Annerl, Berta und ich zielstrebig auf unser Dorfwirtshaus zu, während Sepp Tauber und Angela Bauer Richtung Dienststelle Horn davonbrausen. Vorher ruft Sepp Tauber die Krügerls an, ihn sofort zu benachrichtigen, sollte der Unbekannte wieder auftauchen.

»Dann halten Sie ihn hin, bis wir kommen!«

»Ja, wie soll ich denn das machen?«

»Liebe Frau Krügerl!« Sepp wundert sich. Sonst ist die Wirtin ja auch nicht auf den Mund gefallen. »Sagen Sie ihm einfach, das Essen dauert noch ein paar Minuten.«

Dann bleibt es still im Streifenwagen. Nur der Motor brummt leise vor sich hin. Nach einer längeren Fahrt durch die fast schon winterliche Landschaft meint Angela:

»Ich glaube, Sepp, der Schreiner geht an die Decke, wenn er das erfährt.«

Sepp hat seinen Humor wiedergefunden und grinst.

»Dann sagen wir es ihm halt nicht!«

»Wie soll das gehen?«, fragt Angela Bauer skeptisch.

»Ganz einfach! Wir gehen gleich zum Chef!«

»Aha! Nicht zum Schmiedel, sondern zum Schmied! Sehr gut!«

Nun muss auch Angela lächeln. Zwar verhalten, aber dennoch.

Die beiden sind ein eingespieltes Team und haben in der Vergangenheit schon schrecklichere Probleme gelöst als dieses.

»Aber was anderes würde mich interessieren.«

Angela reißt Sepp Tauber aus seinen Überlegungen. Der wendet sich kurz von der Straße ab und schaut sie fragend an.

»Und was?«

»Wieso gerade der Keller der Müller-Thurgaus?«

»Habe ich mich auch schon gefragt, Angela. Wieso gerade dort? Aber«, er überholt zügig einen Laster, »wäre es ein anderer Keller gewesen, hätten wir uns dasselbe gefragt. Viel interessanter wäre zu wissen, ob mit dieser Familie alles stimmt. Was wissen wir über Josef und Maria Müller-Thurgau?«

Während Sepp Tauber fährt, recherchiert Angela im Internet und wird fündig.

»Hör zu: Maria Müller-Thurgau hatte eine Schwester, die bei einem Autounfall mit Fahrerflucht ums Leben gekommen ist.«

»Wissen wir Näheres über diesen Autounfall?«

Angela sucht weiter, kann aber nichts finden.

»Wir sollten uns die Akte besorgen. Wahrscheinlich hat es nichts mit diesem Fall zu tun, aber man weiß ja nie.«

Sepp hat die Ortstafel von Horn passiert und schlängelt sich nun durch den dichten Verkehr, bis er vor der Polizeistation seinen reservierten Parkplatz erreicht.

Ihr erster Weg führt sie zum Büro des Chefinspektors, vorher telefoniert Sepp noch mit seinem Kollegen im Archiv und fordert die Akte über den seinerzeitigen Autounfall an.

»Bring ich gleich!«

KAPITEL 24

»Bitte!«

Chefinspektor Christian Fuchs deutet auf die beiden Sessel vor seinem Schreibtisch.

Nachdem ihm abwechselnd von Sepp Tauber und Angela Bauer die Situation geschildert wurde, versinkt er zunächst in tiefes Schweigen. Die Sache geht ihm sichtlich an die Nieren. Doch wäre er nicht der Chef der Abteilung, wenn er sich davon abhalten ließe, auch hier souverän eine wichtige Entscheidung zu treffen.

»Tauber, du schreibst ein Protokoll und bringst es mir unverzüglich. In der Zwischenzeit informiere ich unseren Doppeldoktor im Ministerium und natürlich auch Schreiner.«

Mit beiden Händen streicht er über seinen Hinterkopf.

»Wurde Severin Plümpel ins Krankenhaus Horn gebracht?«

»Ja«, antwortet Angela Bauer. »Der Stationsarzt wollte uns verständigen, wenn sich an der Lage des Patienten etwas ändert.«

Der Chefinspektor steht auf und nimmt seinen Nachdenkplatz am Fenster ein. Ohne den Straßenlärm, der unter seinem Fenster tobt wie eh und je, richtig wahrzunehmen. Er zieht die Stirn in tiefe Falten. Nicht einmal das Gehupe ungeduldiger Autofahrer dringt bis zu ihm durch.

Interessiert betrachtet ihn Angela Bauer, schaut kurz zur Tür, ob Sepp mit dem Bericht auftaucht, denn damit wäre ihr die Entscheidung abgenommen, ob sie ihren Chef in der Zwischenzeit trösten, ihn in Ruhe lassen oder ihn ansprechen soll.

Plötzlich dreht sich Christian Fuchs vom Fenster weg. Sein Gesicht entspannt sich, er hat einen Entschluss gefasst.

»Ehe ich mit dem Oberministerialrat spreche, unterrichtest du Inspektor Schreiner über den Vorfall. Er soll sich mit Familie Müller-Thurgau näher befassen und alles ausgraben, was es über sie gibt. Hat die Familie eigentlich Kinder?«

»Nein, Chef. Nur einen Neffen, den Sohn der verstorbenen Schwester von Maria Müller-Thurgau.«

Aha!

»Du bleibst an der Sache dran, Bauer. Quetsch diese Klein Schiesslinger Dorftratschen aus, wäre doch gelacht, wenn die nicht wieder einmal mehr wüssten als wir.«

Angela Bauer muss grinsen. Wie recht ihr Chef hat.

»Und ich erkundige mich indessen im Krankenhaus, ob der Abgeordnete absprechbar ist. Erst wenn wir von ihm nähere Einzelheiten erfahren, entscheiden wir über unser weiteres Vorgehen.«

»Setz dich, Schreiner!«

Dieser ist sofort nach Angela Bauers Schilderung der Situation zu seinem Chef geeilt und hat sich auf den Sessel neben Fuchs' Schreibtisch fallen lassen. Doch nach der Information über das Auffinden des Abgeordneten Severin Plümpel, vor allem durch wen er aufgefunden wurde, springt er auch schon wieder auf und ballt beide Hände zu Fäusten.

»Ich hasse diese Klein Schiesslinger! Am liebsten würde ich diese Dorftratschen aus dem Verkehr ziehen! Ständig pfeffern sie in unsere Ermittlungen! Ich …«

»Lass gut sein, Schreiner. Ohne diese neugierigen Weiber hätten wir den Abgeordneten nicht so schnell gefunden. Eigentlich müssten wir ihnen dankbar sein. Stell dir vor, das Opfer wäre gestorben. Was dann?«

Den letzten Satz ignoriert Schreiner.

»Dankbar! Dankbar dafür, Chef, dass die sich schon wieder in unsere Arbeit eingemischt haben?«

»Sieh es doch positiv, Schreiner! Wir können jetzt sagen, den Abgeordneten gefunden und dadurch eine größere Katastrophe verhindert zu haben. Den Erfolg verbuchen wir, nicht die Klein Schiesslinger Dorftratschen! Das ist doch was!«

Inspektor Julius Schreiner gibt sich notgedrungen damit zufrieden, ja er entspannt sich sogar ein wenig. Kurz herrscht Schweigen, dann fragt er: »Soll ich zum Krankenhaus fahren und mich über den Zustand des Patienten erkundigen?«

Christian Fuchs wiegt langsam den Kopf hin und her, schaut auf seine Armbanduhr, dann trifft er eine Entscheidung.

»Wir warten noch bis mittags. Sollte sich der behandelnde Arzt bis dahin nicht melden, dann fährst du hin.«

Angela Bauer tritt ein und der Chefinspektor lächelt ihr freundlich entgegen. Er ist froh, so fähige Beamte wie Tauber und Bauer zu haben.

»Was gibt's, Kollegin Bauer?«

Diese schnappt nach dem Sessel vor dem cheflichen Schreibtisch und lässt sich seufzend darauf nieder.

»Wir wollen den Unbekannten schnappen, Chef, der Essen geholt und in den Weinkeller der Müller-Thurgaus getragen hat. Tauber und ich haben mit den Wirtsleuten Krügerl vereinbart, dass sie uns unverzüglich verständigen, wenn er auftaucht.«

»Sehr gut, Bauer!«

»So er auftaucht, wird Frau Krügerl ihn hinhalten, bis wir kommen.«

Zustimmend nickt Christian Fuchs. Angela Bauer steht zögernd auf, geht nachdenklich Richtung Tür, dreht sich aber kurz davor nochmals um. »Hat sich in der Zwischenzeit das Krankenhaus gemeldet, Chef?«

»Nein, bis jetzt leider noch nicht.« Verzweifelt hebt Christian Fuchs beide Arme und lässt sie wieder sinken. »Aber sollte es Neuigkeiten geben, schickt dir Schreiner eine Nachricht aufs Tablet.«

Draußen auf dem Gang überlegt sie, ob sie nicht selbst ins Krankenhaus fahren soll. Immerhin waren sie und Tauber diejenigen, die Severin Plümpel mit Hilfe der Klein Schiesslingerinnen gefunden haben. Sepp ist mit einem Kollegen zu einer Wirtshausrauferei unterwegs, also müsste sie allein hin. Sie dreht noch einmal um, klopft an die Tür zum Chefzimmer und tritt ein. Christian Fuchs schaut von einem Berg Papieren auf und hebt fragend die Augenbrauen.

»Ich wollte Sie noch fragen, Chef, ob es recht ist, wenn ich mich selbst im Krankenhaus nach dem Zustand des Abgeordneten erkundige?«

Sie bekommt Zustimmung in Form eines bedächtigen Nickens, darüber hinaus steht ihr Chef auf und kommt auf sie zu.

»Die Idee ist gut. Sollte sich der behandelnde Arzt in der Zwischenzeit bei uns melden, sage ich ihm, dass wir bereits unterwegs sind.«

Danach strebt Angela Bauer zu ihrem Streifenwagen, der vor dem Eingang parkt. Sie wendet und fährt Richtung Krankenhaus davon. In wenigen Minuten hat sie die Klinik erreicht, stellt ihr Fahrzeug auf dem großen Parkplatz ab, marschiert durch die doppelte Glastüre und auf den Empfang zu.

»Ich muss mit dem Arzt sprechen, der Abgeordneten Severin Plümpel betreut. Können Sie ihn rufen, oder kann ich zu ihm oder vielleicht zum Patienten selbst?«

Die rundliche Frau in Schwesterntracht tippt in ihren PC, dreht sich langsam um und mustert die Polizistin.

»Ich glaube, beides wird nicht möglich sein. Der Patient braucht Ruhe und Herr Dr. Fröhlich«, was für ein treffender Name, denkt Angela Bauer, »ist bei einer Operation.«

Aha!

»Wäre es möglich, mit einem anderen Arzt über den Zustand des Patienten zu sprechen? Sie wissen schon, dass jede Auskunft unsere Ermittlungen erheblich erleichtern würde.«

Nickende Zustimmung seitens der Schwester, die wieder in ihre Tastatur haut und lächelnd aufschaut.

»Frau Dr. Fink wäre da. Soll ich sie rufen?«

No na, denkt Angela Bauer und setzt sich im Foyer in einen etwas unbequemen Plastiksessel. Zum Glück dauert es nicht lange, und Frau Dr. Fink schwebt die breite Treppe herab, die im Vorraum endet, und kommt mit ausgestrecktem Arm auf die Polizistin zu.

»Dr. Fink! Sie wollen Auskunft über Abgeordneten Severin Plümpel? Dann kommen Sie bitte mit!«

Angela Bauer folgt der Ärztin die breiten Stufen hinauf, einen langen Gang entlang bis zu einem Aufzug, der sie in das dritte Stockwerk bringt. Sie steigen aus, und vor der ersten Tür rechts neben dem Aufzug bleibt die Ärztin stehen.

»Da wären wir.«

Frau Dr. Fink strebt auf eine Tür aus Mattglas zu. Ein Raum mit nur einem Fenster öffnet sich vor ihnen. An der linken Wandseite steht ein einzelnes Bett, in dem kalkweiß und bewegungslos Severin Plümpel liegt.

Angela Bauer tritt näher heran und kann den Abgeordneten leise atmen hören. Fragend wendet sie sich zur Ärztin um.

»Wenn Sie wissen wollen«, meint diese, »wann Sie mit ihm sprechen können, kann ich darauf keine zufriedenstellende Antwort geben.«

Die Polizistin nickt verständnisvoll, ist jedoch ungeduldig.

»Die Polizei bräuchte dringend eine Aussage des Abgeordneten.«

Solange nicht bekannt ist, wie Severin Plümpel in den Weinkeller der Familie Müller-Thurgau gekommen ist, können sie nichts unternehmen, sondern nur abwarten. Trotzdem sieht sie ein, dass die Gesundheit des Patienten Vorrang hat.

Nachdenklich verlässt sie das Spital. Frau Dr. Fink hat versprochen, die Polizei über den Gesundheitszustand des Patienten zu informieren.

KAPITEL 25

Wieder draußen auf der Straße, atmet sie erleichtert auf. So ein Besuch ist nicht unbedingt das, was sie sich täglich wünscht. Anblicke wie dieser erinnern sie an die Vergänglichkeit des Lebens und legen vorübergehend ihr positives Denken lahm.

Sie atmet noch einmal tief durch, streckt ihr Gesicht dem wolkenverhangenen Himmel entgegen und fühlt sich etwas besser. Dann erst informiert sie den Chefinspektor. Noch immer sehr nachdenklich, der Anblick Severin Plümpels lässt sie nicht so schnell los, steigt sie in den Wagen, schiebt zurück und steht auch schon auf der Straße Richtung Klein Schiessling.

Christian Fuchs hat ihr aufgetragen, im Dorfwirtshaus auf den Unbekannten zu warten, so er denn nochmals auf- und nicht abtaucht, weil er womöglich Lunte gerochen hat. Das würde die Ermittlungen zusätzlich erheblich erschweren. Angela Bauer weiß zwar, dass die Wirtin verlässlich ist, und die Polizei sofort verständigen würde, aber es könnte länger dauern, bis einer von ihnen eintrifft.

Aus diesem Grund ist es sicher klüger, gleich vor Ort zu sein. Sie blickt auf ihre Armbanduhr und stellt fest, dass noch ein wenig Zeit bleibt. Demzufolge könnte sie bei den Krügerls eine Kleinigkeit essen. Außer einem Häferl Kaffee zum Frühstück hat sie nichts im Magen.

In Klein Schiessling angekommen, parkt sie den Streifenwagen vor dem Kulturhaus anstatt vor dem Wirtshaus, dort fällt er nicht gleich ins Auge. Kurz informiert sie telefonisch ihren Kollegen Sepp Tauber.

»Das trifft sich gut, Angela. Wir konnten die Raufhanseln im Wirtshaus beruhigen und sind jetzt auf der Rückfahrt nach Horn.«

»Dann komm her, Sepp.« Sie lacht. »Aber park den Streifenwagen nicht vor dem Dorfwirtshaus, sonst verscheuchst du womöglich noch unser Wild.«

»Keine Sorge, ich versteck ihn.«

Angela Bauer bestellt bei Herrn Krügerl ein Paar Würstel mit Senf und Brot und geht Richtung Extrazimmer.

»Sie können heraußen am Fenstertisch Platz nehmen. Im Extrazimmer sitzen S' sonst ganz allein.«

Frau Krügerl schießt aus ihrer Küche.

»Das geht doch nicht, Josef Maria! Die Angela will auf unseren Unbekannten warten. Wenn der die Uniform sieht, macht er doch sofort kehrt und wir haben das Nachsehen.«

Sie geht voran ins Extrazimmer und wischt mit einem Geschirrtuch den Tisch hinter der Tür sauber, obwohl das nicht nötig gewesen wäre. Im Klein Schiesslinger Dorfwirtshaus herrscht unter dem Zepter von Frau Krügerl überall peinlichste Sauberkeit.

»Ich lass die Tür einen Spalt offen, dann können Sie hören, wenn er kommt. Ich werde ihn laut begrüßen, und solange er auf mein Essen wartet, haben Sie Gelegenheit, ihn zu stellen.«

Die Polizistin nickt dankend und setzt sich. Kurz darauf steht ein Teller mit Würstel und Senf vor ihr und ein riesiges Stück Hausbrot, von Frau Krügerl selbst gebacken. Hungrig stürzt sie sich darauf. Nachdem sie den letzten Zipfel vom Würstel verputzt hat, wischt sie sich den Mund an der Serviette, in der das Besteck eingerollt war, ab und schaut auf die Uhr.

Wenn sie Glück hat, müsste der Unbekannte bald auftauchen. Aber, überlegt sie, wo bleibt denn der Sepp? Der müsste doch auch schon längst da sein. Das Wirtshaus in Maria Dreieichen, in dem die Rauferei stattgefunden hatte, ist doch nicht so weit entfernt. Sie lehnt sich im Sessel zurück, schlägt die Beine übereinander und lauscht, ob sich in der Wirtsstube etwas tut.

Doch noch bleibt alles ruhig. Sie will auch nicht durch das Fenster auf die Hauptstraße schauen, womöglich wird sie gesehen. Eine Weile bleibt es still. Nur das Scheppern aus der Küche ist zu hören und hin und wieder Herr Krügerl, der Gläser einräumt. Doch dann wird es spannend.

»Guten Tag, der Herr!«, plärren die Wirtsleute laut im Duett und die Polizistin springt auf.

»Heute gibt's Rindsrouladen mit Erdäpfelschmarren. Nehmen S' einstweilen Platz, die Rouladen brauchen noch eine Minute.«

Angela Bauer vernimmt Sesselrücken, dann leises Ächzen, was darauf schließen lässt, dass sich der Mann niedergesetzt hat. Das ist für sie das Signal! Wenn er sitzt, kann er nicht rasch fliehen und sie hat ihn! Doch dann besinnt sie sich anders. Wenn sie ihn verfolgt, erfährt sie womöglich mehr über sein Vorhaben, als wenn sie ihn hier stellt. Also verhält sie sich ruhig, auch wenn Frau Krügerl laut auf den Mann einspricht, was unweigerlich ihre Aufmerksamkeit erwecken soll.

»Wollen Sie vielleicht in der Zwischenzeit was trinken?«

Ein unverständliches Brummen ist die Antwort. Und damit Angela Bauer ja kapiert, dass der Mann eingetroffen ist, öffnet der Wirt die Tür zum Extrazimmer ein Stückchen weiter und winkt mit dem Geschirrtuch. Angela Bauer räuspert sich, nickt zum Verständnis und legt ihren Zeigefinger auf den Mund.

Nun hat Herr Krügerl verstanden. Zwar nicht, warum sie sich still verhält, aber dass es besser ist, sich wieder in den Schankraum zurückzuziehen. Er zuckt mit den Achseln, strebt hinter die Theke und poliert seine Gläser. Angela Bauer hat leise ihre Uniformjacke übergezogen und steht nun abwartend hinter der Tür. Jetzt darf sie keinen Fehler machen.

Hoffentlich pfuscht Sepp nicht dazwischen, indem er plötzlich auftaucht, sonst ist ihr Plan gescheitert. Doch von Sepp Tauber ist nichts zu sehen oder zu hören.

KAPITEL 26

»Leise!«, zischt Annerl und wir verstummen augenblicklich.

Seit rund einer halben Stunde stehen wir am Ortsende von Klein Schiessling und haben das blaue Haus der Familie Müller-Thurgau im Visier. Ein heftiger Wind weht uns um die Köpfe und mich friert.

»Glaubt ihr, da ist wer drinnen? Vielleicht sogar der Unbekannte?«

Berta Pitzer und Annerl Passer zucken mit den Schultern.

»Wenn er schon im Keller der Müller-Thurgaus war«, flüstert Berta, »könnt er doch auch in deren Haus sein. Noch dazu, wo die gerade auf Urlaub sind.«

Das Argument ist unlogisch. Aber muss es deshalb stimmen? Nur weil heutzutage fast alles jeglicher Logik entbehrt?

Annerl Passer, wie immer ganz in Schwarz gekleidet, zieht ihren langen Mantel enger um sich und legt ihre Stirn nachdenklich in tiefe Falten. Sie ist unschlüssig, was sie machen soll. Zudem friert sie, obwohl sie einen dicken Schal um den Hals gewickelt hat und warme Stiefel trägt. Natürlich auch in Schwarz. Ohne die Farbe Schwarz geht bei unserer Dorftratschen nix!

»Ist überhaupt wer da?«

Ich nicke. »Irgendjemand ist im Haus. Ich habe eine Bewegung hinter dem Fenster wahrgenommen.«

Unsere Neugierde für diese Schnüffelei wurde geweckt, als Berta gestern Abend beim Vorbeifahren einen Mann beobachtet hat, der in das Wohnhaus der Müller-Thurgaus ging, was theoretisch nicht sein dürfte, weil die Bewohner ja bekanntlich auf Urlaub sind. Wen also hat Berta gesehen? Könnte es sich um den jungen Mann gehandelt haben, der auch schon in deren Weinkeller war?

Aus diesem Grund stehen wir planlos hier herum und frieren uns nicht nur die Haxen ab.

»Schau! Der Vorhang hat sich wieder bewegt. Hinter dem linken Fenster!«

»Hab ich gesehen!«, murrt Berta und stellt sich auf die Zehenspitzen, um besser über die Ligusterhecke spähen zu können, die trotz Anfang Dezember noch vollbelaubt ist.

Nun stellt sich die Frage, was weiter geschehen soll. Läuten und sehen was passiert, verschwinden oder die Polizei rufen?

Während wir überlegen, eilt ein junger Mann um die Ecke des Kulturhauses und in einiger Entfernung dahinter taucht Angela Bauer auf.

Als sie uns erspäht, deutet sie heftig, dass wir verschwinden sollen. Augenblicklich machen wir uns hinter der Hecke unsichtbar. Hoffentlich hat uns der Mann nicht gesehen.

Aber der marschiert mit gesenktem Kopf zielstrebig auf das Haus der Müller-Thurgaus zu, sperrt auf und verschwindet drinnen.

Vorsichtig, vor allem leise, krabbeln wir hinter der Ligusterhecke hervor und stehen auch schon der Polizistin gegenüber, die uns mit strenger Miene mustert.

»Was macht ihr hier?«, zischt sie. »Außer unseren Polizeieinsatz zu stören. Los! Weg mit euch! Alle drei!«

Gehorsam verdrücken wir uns, nicht ohne eine Stelle zu suchen, von der aus wir ihren angekündigten Polizeieinsatz beobachten können. Nun wird es spannend, weil Sepp Tauber sich langsam seiner Kollegin nähert.

Was machen die beiden hier?

»Ich glaub«, flüstert Annerl, »die stürmen jetzt das Haus und verhaften den Mann!«

Ungläubig mustere ich unsere Dorftratschen, muss ihrer Meinung aber doch, wenn auch widerwillig, zustimmen. Warum sonst sind Sepp und Angela hier aufgetaucht?

Meine Muskeln spannen sich und meine Augen werden groß wie Scheunentore. Was haben die zwei wirklich vor? Die können doch nicht das Haus stürmen? Während ich überlege, ob man dazu nicht einen Durchsuchungsbeschluss bräuchte, obwohl ich nicht wissen kann, ob sie einen solchen haben, drückt Angela Bauer schon auf den Klingelknopf.

Sepp Tauber geht vom Eingang weg und verschwindet hinter dem Haus. Bei seinem ersten Besuch fiel ihm auf der Rückseite des Hauses eine Tür auf, die er jetzt im Auge behalten will. Nicht dass auf diesem Weg jemand die Flucht ergreift. Und während er den Hinterausgang fixiert, hört er vorne Stimmen.

»Polizei! Öffnen Sie! Wir müssen mit Ihnen reden.«

Doch Angela Bauer hat Pech, Sepp Tauber hingegen Glück.

»Halt, Freundchen! Nicht so schnell!«

Ein blonder Mann mit kurzen Haaren und Oberlippenbart stürzt aus der Hintertür und ihm direkt in die Arme. Der Überraschungseffekt ist gelungen. Der Blonde versucht sich loszureißen, was jedoch an Taubers Muskelkraft scheitert.

Auch seine Kollegin hat letztendlich noch einen Volltreffer gelandet. Während der Blonde in Sepps Armen zappelt, steht Tobias Schreivogel vor Angela Bauer und blickt sie verstört an.

Spannender könnte es für uns nicht sein! Wir verfolgen das Geschehen, ohne von irgendwem gesehen zu werden. Glauben wir zumindest.

»Griaß eich!«

Wir schnellen herum und blicken in das runde Gesicht unseres Dorfbosses Alfons Pummerl. Er ist plötzlich aus dem Boden gewachsen, steht in voller Breite vor uns und verstellt uns die Sicht.

»Leise!«, zischen wir und deuten auf das blaue Haus.

»Die Polizei ist gerade im Einsatz!«

»Verschwind lieber«, ergänzt Annerl lakonisch, was unseren hochverehrten Herrn Bürgermeister aber nur dazu anstachelt, unbedingt zu bleiben. Wenigstens schiebt er seine breite Masse aus dem Blickfeld und hinter den Lieferwagen eines Eggenburger Handwerksbetriebes.

Gespannt warten wir auf die Fortsetzung, die auch unverzüglich folgt.

Kurz darauf sitzt nicht nur der Unbekannte, welcher vor Angela Bauer aus dem Wirtshaus geflohen war, sondern auch Tobias Schreivogel bei Sepp Tauber im Streifenwagen und sind auf dem Weg zur Polizeistation Horn. Natürlich mit Blaulicht und Sirene. Sepp Tauber fährt ja meistens, wenn es ihm nicht ausdrücklich untersagt wird, mit Blaulicht und Sirene. Das ist unterhaltsamer, weil dann alle anderen Autofahrer bereitwillig Platz machen.

Angela Bauer fährt knapp hinter ihm, um die Situation im Auge zu behalten.

Auf das Gezeter, warum sie festgenommen wurden, obwohl sie unschuldige Bürger seien, erhalten die beiden jungen Männer während der kurzen Fahrt nur eine Antwort von Sepp Tauber:

»Chefinspektor Christian Fuchs will mit Ihnen beiden sprechen.«

Nachdem der Polizeieinsatz beendet und alle abgerauscht sind, wagen wir uns aus unserem Versteck.

»Warum bist denn du überhaupt da?«, will Annerl von Pummerl wissen. Sie kann sich nicht vorstellen, was der Bürgermeister vor dem Wohnhaus der Müller-Thurgaus will.

Der Dorfboss schiebt sich hinter dem Lieferwagen hervor, zieht den Mund zu einem unangebrachten Lacher in die Brei-

te und wackelt mit dem Kopf. Dabei schwabbeln seine Hängebäckchen links und rechts der roten Knollennase.

»Mir ist eingefallen, dass der Josef am Abend der Weintaufe
hinter dem Abgeordneten längere Zeit gestanden ist.«

Er mustert uns, ob er auch unsere volle Aufmerksamkeit hat,
und redet weiter.

»Ich hab zwar nicht gehört, was die miteinander geredet haben …«

»Hätt mi a g'wundert«, murrt Annerl dazwischen, »Aber gesehen hab ich«, setzt Pummerl unbeirrt fort, »dass der Müller-
Thurgau dem Abgeordneten sein Weinglas fast umgeschmissen
hätt, wenn der nicht im letzten Moment zugegriffen hätte.«

Diese Beobachtung gibt zu denken. Josef Müller-Thurgau
war also am Weinglas des Abgeordneten.

»Könnte es sein«, sinniere ich vor mich hin, »dass er bei dieser
Gelegenheit etwas in das Glas getan hat? Womöglich Gift?«

Pummerl mustert mich.

»Könnt schon sein«, antwortet er phlegmatisch. »Aber warum
hätt er das machen sollen?«

»Sandra!«, plärrt mir plötzlich Annerl ins Ohrwaschel, dass es
dröhnt. »Du hast recht! Der Müller-Thurgau war's! Der hat den
Wein vergift.«

Annerls Ausdrucksweise bringt mich zum Lachen. Doch
wenn ich es mir genau überlege, könnte es ohne weiteres so gewesen sein. Außer, der Abgeordnete hat selbst das Gift in sein
Glas gegeben. Aber warum hätte er das tun sollen? Wollte er
auf diese Weise seine Frau umbringen? Denn dass er sich selbst
vergiften wollte, glaube ich nicht. Auch konnte er nicht wissen,
dass Zoe daraus trinken würde. Oder doch? Natürlich! Mir fällt
ein, dass er Zoes Wasserglas kurz zuvor ausgetrunken hat und
die kleine Wasserflasche daneben leer war.

Langsam wende ich mich Pummerl zu.

»Bürgermeister, du musst was unternehmen!«

»Ja, was glaubts denn ihr, warum ich hergekommen bin? Doch nicht um euch drei Grazien zu bewundern.«

Bedächtig schüttelt er den Kopf, was seine Hängebäckchen neuerlich zum Schwabbeln bringt.

»Ich wollt mich mit dem Josef darüber unterhalten.«

»Aber die sind doch auf Urlaub!«, plärre ich.

»Das glaubst aber auch nur du. Ich hab den Josef gestern in Eggenburg gesehen. Nur war er so schnell verschwunden, dass ich ihn nicht ansprechen konnte.«

»Wahrscheinlich warst wieder amal zu langsam«, murrt Annerl, verdreht die Augen, und uns bleibt die Spucke weg.

»Die sind da? Die sind gar nicht auf Sizilien?«

KAPITEL 27

Chefinspektor Christian Fuchs zieht seinen Sessel zurück und lässt sich bedächtig nieder. Ein blonder Mann mit schmalem Oberlippenbart hat ihm gegenüber Platz genommen, während Schreiner zu seiner rechten Seite sitzt und nervös mit den Fingern auf den Schreibtisch trommelt, was ihm einen warnenden Blick seines Chefs einbringt. Nun zieht er die Hände zurück und ballt sie zu Fäusten.

Auch nicht besser!

Sepp Tauber, der den Burschen gebracht hat, reicht Christian Fuchs dessen Ausweis und einen Zettel, auf dem er die persönlichen Daten des Mannes notiert hat.

»Sie heißen Maximilian Müller, geboren am 9. Mai 2001, wohnhaft in Sigmundsherberg?«

Der Angesprochene nickt und streicht ein paar Mal über seinen Oberlippenbart.

»Und wie stehen Sie zu Tobias Schreivogel?«

Maximilian Müller zögert kurz, ehe er antwortet.

»Wir sind Freunde. Schon seit der Schulzeit.«

Dem Chefinspektor ist das Zögern nicht entgangen.

»Was machen Sie beruflich?«

»Ich bin Physiotherapeut.«

»Selbstständig, oder arbeiten Sie in einem Institut?«

»Selbstständig.«

Einer blitzartigen Eingebung folgend fragt Christian Fuchs, ob er mit Familie Müller-Thurgau in irgendeiner Form verwandt sei.

»Natürlich! Maria Müller-Thurgau ist meine Tante.«

Schreiner springt auf. Die Erkenntnis, dass der wirklich mit den Müller-Thurgaus verwandt ist, kommt für ihn überraschend. Den Namen Müller gibt es in Österreich wie Sand am Meer. Da ist eine Verwandtschaft nicht unbedingt zwingend.

Maximilian Müller räuspert sich kurz. »Nachdem meine Mutter bei einem Autounfall mit Fahrerflucht ums Leben gekommen ist, hat sich meine Tante, also die Schwester meiner Mutter, um mich gekümmert. Ihr Mann, Josef Müller-Thurgau, hat mir finanziell unter die Arme gegriffen, damit ich mich selbstständig machen konnte. Als Physiotherapeut.«

Dabei atmet er tief ein und wieder aus und schaut dem Chefinspektor in die Augen. Die Antwort überrascht Christian Fuchs nicht wirklich, nicht einmal Schreiner wundert sich.

»Aber was soll das alles?«, fragt Maximilian Müller ruhig und ignoriert Schreiner. Er hebt die Schultern, um sie gleich wieder fallen zu lassen. »Ich habe nichts verbrochen! Sagen Sie mir endlich, warum ich hier bin.«

Zu einer Antwort kommt es jedoch nicht, weil Angela Bauer im selben Augenblick die Tür öffnet und den Chefinspektor fragt, ob sie bei Tobias Schreivogel bleiben soll, oder ob eventuell ein Kollege aus der Bereitschaft das übernehmen könnte. Sie müsste auf Streife.

Der Chefinspektor nickt, sie dreht sich um und zieht die Tür hinter sich ins Schloss.

Julius Schreiner hat nur abgewartet, bis die Polizistin das Chefzimmer verlassen hat, nun hält es ihn nicht länger auf seinem Sitz. Er springt auf, stützt beide Hände auf den Schreibtisch und brüllt:

»Sie fragen, was das alles soll? Ich kann es Ihnen sagen! Sie wussten, dass Abgeordneter Severin Plümpel im Weinkeller der Familie Müller-Thurgau gefangen gehalten wurde. Warum sonst hätten Sie ihm Essen aus dem Dorfwirtshaus gebracht?«

Langsam setzt er sich nieder, ohne den Mann aus den Augen zu lassen. »Warum haben Sie ihn im Keller eingesperrt? Das ist Kidnapping! Was wollten Sie damit bezwecken?«

Christian Fuchs beobachtet die Reaktion auf Schreiners spontanen Ausbruch. Sein Gegenüber wird blass, senkt den Kopf und schweigt.

»Wenn Sie nicht mit uns reden wollen«, plärrt Schreiner weiter, »können wir Sie auch hierbehalten, bis Sie es sich anders überlegen.«

Diese Androhung gefällt dem jungen Mann nicht. Unsicher wetzt er auf dem Sessel herum, dann schaut er den Chefinspektor an.

»Sie haben recht!«

Na also! Geht doch!

»Und womit haben wir recht?«, hakt Christian Fuchs nach.

»Tobias und ich wollten Severin Plümpel Angst einjagen. Tobias weiß, dass er den tödlichen Autounfall, bei dem meine Mutter ums Leben kam, verursacht hat. Er hat den beschädigten Wagen Plümpels nach dem Unfall gesehen. Außerdem wusste Tobias, dass der Abgeordnete eine Parteisitzung in Zwettl hatte. Und auf der Strecke, zwischen Zwettl und Horn, passierte der Unfall.«

Er schaut auf.

»Das war für mich die Bestätigung dafür, dass er am Tod meiner Mutter schuldig ist. Hätte er nicht Fahrerflucht begangen, könnte meine Mutter heute noch leben.«

Bedächtig zieht er ein Taschentuch aus der Hose und drückt es auf beide Augen. »Wenn die Rettung eine Stunde früher eingetroffen wäre«, jammert er, »könnte meine Mutter noch leben! Dieser Meinung war auch der seinerzeitige Notarzt.«

»Was wollten Sie mit Ihrer Aktion erreichen?«

»Wir wollten ihn eine Weile schmoren lassen, bis er die Fahrerflucht und die Schuld am Tod meiner Mutter gesteht. Danach hätten wir ihn wieder freigelassen.«

Aha!

»Warum sind Sie nicht zur Polizei gegangen? Sie hatten doch Beweise für seine Fahrerflucht.«

Christian Fuchs kann sich nicht helfen, aber irgendwie versteht er den jungen Mann.

Hätte man seine Mutter umgebracht, wäre sein Verhalten womöglich ähnlich ausgefallen. Den Gedanken verwirft er aber schnell. Er ist Polizist und für die Einhaltung der Gesetze verantwortlich.

»Haben Sie die Frage verstanden?«, hakt Schreiner nach.

»Doch, habe ich. Aber was hätte das gebracht? Der hätte alles abgestritten und womöglich Beweise, wenn auch falsche, dafür vorgelegt, dass er die Tat gar nicht begangen haben konnte. Glauben Sie im Ernst, die Polizei hätte mir mehr geglaubt als ihm, einem Parlamentarier? Diese Leute haben doch Narrenfreiheit. Und wenn es hart hergeht, berufen sie sich auf ihre Immunität. Der kleine Bürger bleibt immer übrig.«

Erregt knetet er seine Hände und schaut um sich.

»Kann ich jetzt gehen?«

»Natürlich können Sie gehen«, blafft Schreiner. »Aber nur bis zu Ihrer Zelle!«

Nachdem Maximilian Müller in der Obhut eines Wachebeamten in eine Zelle gebracht wurde, streckt Christian Fuchs beide Arme in die Höhe und atmet erleichtert aus.

»Diesen Fall hätten wir geklärt, Schreiner. Nun bleibt uns nur noch Zoe Rotkopf. Wer hat sie getötet? Glaubst du, unser Herr Abgeordneter gesteht die Tat?«

»Das bezweifle ich, Chef. Obwohl ich mir keinen anderen Tatverdächtigen vorstellen kann. Wer sollte es sonst gewesen sein? Die bei dieser Weintaufe anwesenden Landbewohner haben doch nur ihre Weine im Kopf.«

Er schüttelt energisch den Kopf.

»Ich bin fest davon überzeugt, dass es Severin Plümpel war, der seine Frau vergiftet hat.«

Der Chefinspektor muss dem wohl oder übel zustimmen. Außerdem haben sie im Moment keinen weiteren Tatverdächtigen.

»Warten wir ab, Schreiner. Irgendwann muss ja Plümpel wieder so weit sein, dass wir ihm auf den Zahn fühlen können.«

»Wir könnten ihn mit dem konfrontieren, was wir erfahren haben. Vielleicht knickt er dann ein?«

Christian Fuchs beginnt laut zu lachen.

»Glaubst du im Ernst, dass so ein abgebrühter Parlamentarier plötzlich geständig wird, nur weil wir ihn ein bisschen ankratzen? Der bläst unsere Anschuldigungen weg wie ein Staubkorn von seinem teuren Sakko.«

Inspektor Julius Schreiner kann dem nur zustimmen.

Das Telefon läutet und Christian Fuchs hebt ab. Eine Weile hört er aufmerksam zu, dann bedankt er sich für den Anruf und wendet sich an Schreiner.

»Severin Plümpel ist aufgewacht, wir können mit ihm sprechen.«

Vorher möchte der Chefinspektor Tobias Schreivogel verhören.

Der erscheint in Begleitung eines Wachebeamten.

»Nehmen Sie Platz, Herr Schreivogel! Ich komme gleich zur Sache. Sie waren an der Entführung des Abgeordneten Severin Plümpel beteiligt«, schießt er ihn an. »Was war der Grund?«

Ein nervöses Hüsteln ist die Antwort.

»Warum haben Sie Plümpel entführt? Was hat er Ihnen getan, dass Sie ihn so gehasst haben?«

Tobias Schreivogel seufzt, hebt den Kopf und blickt dem Chefinspektor in die Augen. Seine Hände zittern, auf seiner Stirn bilden sich Schweißtropfen.

»Er hat mir Zoe weggenommen.«

»Wie, weggenommen? Wie soll ich das verstehen?«

Christian Fuchs wird vorsichtig. Er darf den Mann nicht überfordern, der sichtbar an seinem nervlichen Limit angekommen scheint. Schon viele Täter saßen ihm gegenüber, deren Verhalten sich jedoch von dem Tobias Schreivogels beträchtlich unterschieden hat. Im Grunde genommen hält er den Mann für ehrlich und aufrichtig. Was könnte ihn also bewogen haben, den Abgeordneten nicht nur zu entführen, sondern auch qualvoll gefangen zu halten? Seine Gedanken driften ab und landen bei Schreiner, der auf dem Weg ins Spital ist, deshalb überhört er auch, was Tobias Schreivogel zu flüstern begonnen hat.

»...sie umgebracht hat.«

Mit einem Ruck setzt er sich auf.

»Umgebracht? Wer hat wen umgebracht?«

Er will nicht zugeben, dass er geistig abwesend war, deshalb hakt er nach:

»Wiederholen Sie bitte, was Sie soeben gesagt haben. Nur zu meinem besseren Verständnis.«

»Ich sagte«, Tobias Schreivogel schlägt die Beine übereinander. Sein Atem geht schwer, dann zieht er ein Taschentuch aus der Hose und wischt damit über seine Stirn. »Ich sagte, dass Plümpel Zoe umgebracht hat! Verstehen Sie?«

Christian Fuchs schluckt.

»Warum sollte er das getan haben?«

Tobias Schreivogel legt sein Gesicht in beide Hände und schluchzt herzerweichend.

»Na, weil er uns unser Glück nicht gegönnt hat. Er ist krankhaft eifersüchtig. Und bevor ich sie bekomme, hat er sie umgebracht.«

Christian Fuchs stützt beide Ellenbogen auf den Tisch, legt die Fingerspitzen aneinander und fragt sich, ob das wirklich der Grund sein könnte.

»Sie wurde von ihm gehalten«, spricht Tobias Schreivogel in Fuchs' Überlegungen hinein weiter, »wie ein exotischer Fisch im Aquarium. Ohne seine Erlaubnis durfte sie nirgendwo hingehen, sich nicht mit Freunden treffen und bei ihren Einkäufen schaute er ihr genau auf die Finger. Er hat ihr sogar mehrmals vorgehalten, sein schwer verdientes Geld für unnötige Klamotten aus dem Fenster zu werfen.«

Nun schweift sein Blick geistesabwesend über den hohen Aktenschrank neben dem Schreibtisch, zur Lampe an der Decke und weiter zum geschlossenen Fenster, bis er am Chefinspektor haften bleibt.

»Sie war ja beträchtlich jünger als er und hatte deshalb ganz andere Vorlieben. Vor ihrer Hochzeit trafen wir uns in Discotheken, wo wir die ganze Nacht durchgetanzt haben. Das war dann mit einem Schlag vorbei. Sie musste nach ihrer Hochzeit nur noch für ihn da sein. Alle Unterhaltungen, die ihr Freude gemacht hätten, hat er ihr verboten. Was glauben Sie, wie einsam sich Zoe gefühlt hat.«

Er stockt. »Könnte ich ein Glas Wasser haben?«

Nachdem er gierig getrunken hat, stellt er das Glas ab. Christian Fuchs könnte jetzt einwenden, dass sie ihn ja nicht hätte heiraten müssen, will aber den Redefluss nicht unterbrechen.

»Und bei dieser Weintaufe hat er dann seine Chance gesehen. Er hat von unserer Liebe zueinander gewusst. Wahrscheinlich dachte er, wenn er sie nicht für sich allein haben kann, braucht sie auch kein anderer.«

Christian Fuchs wundert sich über die Fantasie des jungen Mannes.

»Aber es ist doch überhaupt nicht erwiesen«, wendet er nun ein, »dass Severin Plümpel Zoe vergiftet hat. Was bringt Sie zu dieser Annahme?«

Ein entgeisterter Blick trifft ihn.

»Wieso ist sie dann tot? Glauben Sie etwa, Zoe hat sich selbst vergiftet? Das ist doch Schwachsinn! Wir waren glücklich zusammen, auch wenn wir uns nicht oft sehen konnten.«

Der Chefinspektor steht auf und nimmt seinen Nachdenkplatz am Fenster ein. Das Vorbeirauschen der Autos blendet er aus und überlegt, ob er Tobias Schreivogel in seine Überlegungen einweihen soll. Nach kurzer Zeit dreht er sich um und setzt sich wieder an seinen Schreibtisch.

»Herr Schreivogel! Ist Ihnen noch nie der Gedanke gekommen, dass der Giftanschlag eigentlich dem Herrn Abgeordneten gegolten haben könnte?«

»Waaas?«

Tobias Schreivogel sperrt Mund und Augen auf.

»Schließlich wurde das Gift in seinem Weinglas nachgewiesen«, ergänzt der Chefinspektor und erntet einen misstrauischen Blick.

»Das glauben Sie doch selbst nicht!«

»Doch, das glaube ich. Wäre es denn so abwegig anzunehmen, dass jemand Severin Plümpel so gehasst haben könnte, um ihn umzubringen?«

Verständnislos schüttelt der junge Mann den Kopf und fährt mit beiden Händen durch seine Haare. Diese Idee kam ihm bisher nicht. Aber wenn er es sich genau überlegt, könnte es ohne weiteres so gewesen sein. Sein Freund Maximilian Müller hätte zum Beispiel Grund genug zu so einer Tat gehabt. Immerhin … Trotzdem! Severin Plümpel war in seinen Augen ein Arsch, der nur seine Interessen gelten ließ.

»Wo wohnen Sie zurzeit? Sie werden doch nicht täglich nach Wien in Ihre Wohnung fahren.«

»Woher wissen Sie, dass ich in Wien eine Wohnung habe?«

»Die Polizei weiß alles!« Fast alles, denkt Christian Fuchs, aber das behält er für sich.

»Also? Wo halten Sie sich zurzeit auf?«

»Ich dachte, die Polizei weiß alles.«

Schön langsam geht ihm dieser Schreivogel auf die Nerven.

»Sie wohnen bei Ihrem Freund Maximilian Müller in Sigmundsherberg, richtig?«

Tobias Schreivogel zieht neuerlich sein Taschentuch aus der Hose und schnäuzt hinein. Dann lehnt er sich zurück, schließt die Augen und ignoriert alle weiteren Fragen des Chefinspektors.

Weil Christian Fuchs ohnehin keine weiteren Fragen hat, steht er auf und blickt ihm streng in die Augen.

»Sie haben sich gemeinsam mit ihrem Freund schuldig gemacht, indem Sie den Abgeordneten Severin Plümpel im Weinkeller der Familie Müller-Thurgau eingesperrt haben. Das nennt man Freiheitsberaubung.«

Er setzt sich wieder. »Ein Kollege wird Sie in eine Zelle bringen.«

Beim Hinausgehen dreht sich der junge Mann noch einmal um.

»Glauben Sie mir, Herr Chefinspektor, der hat es nicht besser verdient.«

KAPITEL 28

Während Tobias vernommen wird, eilt Inspektor Julius Schreiner die breite Treppe des Krankenhauses Horn hinauf, und weiter über einen langen Gang. Vor einem Zimmer hält er inne.

Lange schon war er in keinem Spital mehr, weshalb ihm sowohl der Geruch nach Desinfektionsmittel als auch diese weiße Trostlosigkeit Unbehagen bescheren. Nachdem er sich vergewissert hat, dass es sich um das richtige Zimmer handelt, klopft er vorsichtig an.

Die Tür wird von einer kleinen, pummeligen Krankenschwester geöffnet, die nach seinem Ausweis fragt. Etwas mürrisch zückt er den, und nachdem Schwester Birgit, der Name steht auf einem Schild an ihrer wogenden Brust, diesen genau studiert hat, drückt sie die Tür weiter auf und lässt Schreiner eintreten. Sie beobachtet ihn und gleichzeitig kritisch den Patienten. Die Gestalt im Bett wirkt weiß und trostlos, wie das Ambiente des Krankenhauses, und zudem leblos.

»Gehen Sie nur näher! Er kann Sie hören!«

Der Aufforderung Schwester Birgits folgend nähert er sich dem Bett und bemerkt eine Hand, die sich leicht anhebt.

»Herr Abgeordneter«, spricht er ihn leise an, »können Sie mich verstehen?«

Wieder das leichte Heben der Hand.

»Ich bin Inspektor Julius Schreiner von der Polizeistation Horn. Wir haben uns bei der Weintaufe in Klein Schiessling gesehen. Erinnern Sie sich?«

Die Hand bewegt sich neuerlich, diesmal ein wenig höher. Dann vernimmt Schreiner ein leises Krächzen.

»Er fragt, was passiert ist«, übersetzt Schwester Birgit.

»Was passiert ist? Das wollte ich eigentlich von Ihnen erfahren. Wie kamen Sie in diesen Weinkeller, in dem wir Sie gefunden haben, und vor allem, wer hat Sie dorthin gebracht?«

Schwester Birgit tritt näher an das Bett heran, hebt den Oberkörper des Patienten leicht an und schüttelt den Kopfpolster zurecht. Nun sitzt Severin Plümpel fast aufrecht im Bett. So schaut er schon bedeutend besser aus.

»Können Sie sich erinnern, was genau passiert ist?«

Severin Plümpel antwortet Schreiner abgehackt und leise, sodass dieser sich weit zu ihm hinunterbeugen muss, um alles zu verstehen. Er erfährt, dass der Abgeordnete auf dem Weg zu seinem Stammlokal, dem Griechenbeisl in Wien, unterwegs war, als er plötzlich von hinten gepackt wurde. Danach war es finster. Irgendwann spürte er leichtes Holpern, so, als würde er sich in einem Auto befinden.

Sehen konnte er nichts, weil seine Augen verbunden waren. Als er aus diesem erbärmlichen Zustand erwachte, befand er sich auf dem Boden sitzend und an einer kalten Wand lehnend. Er konnte sich nicht bewegen, seine Hände und Füße waren zusammengebunden und beide Beine eingeschlafen. Er hatte Angst und ihm war kalt.Der Inspektor wird ungeduldig, weil Plümpel nicht weiterspricht, sich in die Polster zurücksinken lässt und die Augen schließt.

»Ich glaube«, sagt Schwester Birgit, »mehr dürfen Sie für heute nicht erwarten. Der Patient ist erschöpft und braucht dringend Ruhe.«

Verärgert über die dürftige Ausbeute kehrt er ins Chefzimmer zurück.

»Setz dich!«

Der Sessel knarrt leicht, als Schreiner sich darauf fallen lässt. Fragend mustert er seinen Chef.

»Tobias Schreivogel glaubt«, sagt Christian Fuchs, »dass Severin Plümpel seine Frau selbst umgebracht hat.«

Schreiner braucht eine Weile, dann nickt er. Diese Idee hatte er auch schon.

»Gibt es dafür Beweise?«, fragt er.

Langsam schüttelt sein Chef den Kopf. Beide sind sich aber darüber einig, dass es sich genauso abgespielt haben könnte.

»Also, berichte!«, wechselt Christian Fuchs das Thema. »Was hatte der Abgeordnete zu erzählen?«

»Nicht viel«, seufzt Schreiner. »Nur, dass er auf dem Weg zum Abendessen war, als er von hinten gepackt und wahrscheinlich betäubt wurde. Dann erinnert er sich nur noch dunkel an ein Gerüttel, was darauf schließen lässt, dass man ihn in einem Auto transportiert hat.«

Christian Fuchs nickt verständnisvoll.

»Wahrscheinlich nach Klein Schiessling, in den Weinkeller der Müller-Thurgaus. Und weiter?«

»Nichts, Chef!« Vor Wut kracht Schreiners Faust auf den Schreibtisch. »An mehr kann er sich nicht erinnern.«

Von der Aussage des Abgeordneten hat sich Christian Fuchs mehr erwartet. Resigniert meint er:

»Warten wir ab, Schreiner. Vielleicht fällt Plümpel morgen mehr ein.«

Er steht auf und kratzt sich am Hinterkopf.

»Hat die Krankenschwester zugesagt, uns zu verständigen, wenn er besser drauf ist?«

»Ja! Sie wollte nur die Visite abwarten, und sich dann mit Plümpel unterhalten. Vielleicht gelingt es ihr, ihm wichtige Details zu entlocken. Ich kann ja nicht ewig und drei Tage an dem Krankenbett stehen, eine halbe Leiche anstarren und auf ein Wunder hoffen.«

Der Chefinspektor muss lachen.

»Du und Wunder? Du glaubst doch nicht einmal an das, was vor deiner Nase passiert, geschweige denn an Wunder!«

Diese Feststellung ärgert Schreiner. Er tut stets sein Bestes. Kapiert das denn keiner in diesem Amt? Und wenn er etwas nicht glaubt, dann handelt es sich gewiss um Unsinn.

»So viel steht fest!«, redet Christian Fuchs mehr zu sich selbst. »Maximilian Müller hat Severin Plümpel mit Hilfe von Tobias Schreivogel entführt, im Weinkeller eingesperrt. Beide hatten unterschiedliche Gründe dafür. Maximilian Müller, um sich für den Tod an seiner Mutter zu rächen, und Tobias Schreivogel, weil er glaubt, dass Plümpel seine Freundin vergiftet hat.«

»Eines versteh ich nicht«, sagt Schreiner. »Warum hat man ihm Essen gebracht? Die hätten ihn doch krepieren lassen können wie Plümpel seinerzeit die Mutter von Müller.«

Der Chefinspektor nickt. Er ist der gleichen Meinung.

»Können wir den Aussagen der beiden Burschen überhaupt glauben, Chef?«

»Wir müssen! Eine Alternative haben wir nicht. Übrigens scheint es mir plausibel, Schreiner. Überleg einmal. Wie hättest du an Müllers Stelle gehandelt?«

Schreiner zuckt mit den Schultern, geht aber nicht auf die Frage ein.

»Wahrscheinlich war er es auch«, überlegt er laut, »der den Abgeordneten auf seiner Heimfahrt nach Wien verfolgt hat. Immerhin fährt er einen schwarzen Audi, was Sepp Tauber bestätigt hat.«

»Was sagt denn unser gottoberster Chef im Ministerium dazu?«, wechselt er das Thema.

»Der meinte, dass der Abgeordnete im Horner Krankenhaus in besten Händen sei, und wir die Untersuchung fortsetzen und den Fall aufklären sollen.«

Schreiner wundert sich, dass der Doppeldoktor ihnen das zutraut, wo er doch sonst so tut, als hätten sie von Polizeiarbeit keine Ahnung und nicht alle Tassen im Schrank. Das ist aber nur Schreiners Meinung, Christian Fuchs denkt da anders.

»Und was sollen wir jetzt machen, Chef?« Vorsorglich ballt er seine Hände zu Fäusten und erntet ein ahnungsloses Zucken mit den Schultern.

KAPITEL 29

Im Klein Schiesslinger Dorfwirtshaus herrscht Hochbetrieb.

»Setz di her da, Huaberl!«

Dorftratschen Annerl Passer rückt Bürgermeister Alfons Pummerl gefährlich nahe, damit Gemeinderat Hubert Burgunder am Stammtisch neben ihr Platz findet. Gegenüber sitzen Berta Pitzer, Oberjägermeister Hans Sachenberger und neben diesem sitze ich.

Josef Maria Krügerl stellt ein Tablett mit sechs Gläsern Grünem Veltliner auf der Tischmitte ab und fragt nebenbei, ob wir alle zum Mittagessen bleiben wollen.

»Heute gibt's Grammelknödel mit Sauerkraut und als Nachtisch Topfenstrudel mit Vanillesoße.«

Klingt gut!

Außer unserem Dorfboss nehmen wir den Vorschlag gerne an.

»Habt's von gestern noch ein Stück Geselchtes übrig?«, motzt er, »Grammelknödel muss ich nicht unbedingt haben.«

»Ist zu wenig Fleisch drin, gel?« Berta schüttelt grinsend ihren Kopf und Josef Maria Krügerl eilt dienstbeflissen in die Küche, um Rücksprache mit seiner Frau zu halten. Erfreut kehrt er an den Tisch zurück.

»Ein Stückl ist noch da. Darf's mit Sauerkraut sein?«

Pummerl nickt ergeben. Zum Sprechen ist er scheinbar bereits zu schwach. Immerhin hat er seit seinem Frühstück nichts mehr gegessen.

Der Wirt kommt mit den Bestellungen in die Küche, aus der lautes Geschepper dringt.

»Also, Bürgermeister, warum hast du uns herbestellt? Was gibt es so dringend zu besprechen?«

Auffordernd schaue ich ihn an, ernte jedoch nur ein Schwabbeln seiner Hängebäckchen. Da sich aber sofort weitere Augenpaare fragend auf ihn richten, wetzt er auf dem Sessel herum wie ein Schulkind, wenn es die Antwort auf eine Frage des Lehrers nicht weiß. Langsam ergreift er sein Weinglas, trinkt es halb leer, schüttelt sich und stellt es wieder ab. Erst dann bequemt er sich, uns aufzuklären.

»Wir wissen, dass Josef und Maria Müller-Thurgau auf Sizilien Urlaub machen. Trotzdem hab ich den Josef in Eggenburg gesehen.«

Aha!

»Und?«, fragt Hans Sachenberger. »Was sagt er dazu?«

Pummerl schaut auf. »Wer?«

»Na, der Müller-Thurgau!«, echauffiert sich der Oberjägermeister. »Wer sonst? Von dem reden wir doch, oder?«

Pummerl stiert den Oberjägermeister an. »Nix! Ich hab ihn nicht gefragt.«

»Und warum nicht?« Berta Pitzer platzt schön langsam der Kragen.

»Ist der heute wieder langsam beim Denken«, brummt Annerl vor sich hin.

»Das hab ich gehört!«

Pummerl droht ihr mit erhobenem Zeigefinger, doch Annerl ist das wurscht. Dann soll er halt endlich einmal seine Gehirnwindungen durchputzen, denkt sie, damit die Gedanken schneller fließen können.

»Wahrscheinlich hast di verschaut!«, schiebt sie nach. »Die san zwei Wochen fort. Wie kann er da in Eggenburg herumstolzieren?«

»Vielleicht hat der Josef einen Doppelgänger?«, gibt Gemeinderat Hubert Burgunder zu bedenken.

»Ja, und ich bin der Papst von Klein Schiessling.«

Missmutig über die Ignoranz seiner Dörfler bestellt er beim Wirten ein Krügel. »Nix gegen den Wein, aber Bier ist Bier!«

»Nicht lästern, Bürgermeister!«

Frau Krügerl streckt ihren Kopf durch die Küchentür.

»Auch ich hab das gehört! Übrigens ist der Wein von Michael Rieslinger. Topklasse! Kannst aber trotzdem bei deinem Bier bleiben, wenn es dir besser schmeckt.«

Pummerl lacht in sich hinein und deutet mit dem Kopf zur Küche. »Ganz schön aggressiv heute, unsere Frau Wirtin.«

»Jetzt haben wir genug geplänkelt. Sag endlich, wozu wir herkommen mussten.«

Schön langsam geht mir sein Getue auf den Nerv. Da habe ich eigens meine Gartenarbeit unterbrochen und bin herunter ins Wirtshaus gerast, um mir nun diesen Unsinn anhören zu müssen.

»Also«, schnauft er und wischt sich mit dem Handrücken den Bierschaum vom Mund. »Der ganze Ort, also alle Klein Schiesslinger und Klein Schiesslingerinnen«, ich verdrehe die Augen, »müssen Ausschau halten nach den Müller-Thurgaus. Wenn sie nicht auf Sizilien sind, müssen sie ja entweder in ihrem Haus oder im Weinkeller oder sonst wo auftauchen. Meldungen sind sofort und ohne Verzögerung«, dabei sendet er Annerl einen warnenden Blick zu, »ausnahmslos und unverzüglich an mich zu richten!«

Ja, unser hochverehrter Herr Bürgermeister, geht mir durch den Kopf, ist zwar der deutschen Sprache nicht immer mächtig, aber er weiß, wie er seine Dörfler motiviert. Oder auch nicht, was die Frage der Dorftratschen sofort bestätigt.

»Solln ma uns jetzt fürchten?«, fragt Annerl aufgebracht. »Und was machst, wenn ma nicht brav sind und dir nix sagn?«

Pummerl trinkt zunächst sein Krügel leer, um gleich beim Wirten Nachschub zu ordern.

»Wenn der Josef beschuldigt wird, etwas mit dem Mord bei der Weintaufe zu tun zu haben, müssen wir zu ihm halten und ihn schützen.«

Mir bleibt die Spucke weg. Verlangt der gerade von uns, seinen Kumpel nicht zu verraten, auch wenn er womöglich an dem Giftmord Schuld trägt? Fassungslos mustere ich Berta und Annerl, die beide ihre Köpfe schütteln.

»Bist deppert, Bürgermeister?«

Nur Annerl traut sich so respektlos mit ihm zu reden. »A, wenn wir nix sagn, die Polizei kommt doch eh drauf. Oder, Sandra?« Schelmisch lachend schaut sie mich an. »Glaubst du, die san genauso deppert wie du?«

Das hat gesessen! Doch unser Bürgermeister hat eine dicke Haut, was er schon mehrfach unter Beweis gestellt hat. Solche Anspielungen auf seine Intelligenz, überhaupt wenn sie von Annerl kommen, lassen ihn kalt wie Eis im Whisky.

Er streckt sich und wendet sich an Gemeinderat Hubert Burgunder. »Und du bist dafür verantwortlich, dass das befolgt wird.«

Nun halte ich ihn endgültig für verrückt.

»Und wenn er die junge Frau vergiftet hat, müssen wir dann trotzdem auf bürgermeisterlichen Befehl hin schweigen?«

»Ja, die Sandra. Hast jetzt Grund, zu deinem Polizisten zu rennen und ihm alles brühwarm zu erzählen, ha?«

»Freilich«, antworte ich und bekräftige mit heftigem Nicken meine Meinung. »Auch ein Bürgermeister hat nicht das Recht, Straftaten zu vertuschen, nur weil sie ihm nicht in den Kram passen.«

Jetzt rudert er zurück.

»Wenn der Josef etwas mit der Tat zu tun hat, muss er natürlich dafür bestraft werden. Wo kämen wir denn sonst hin? Aber ich glaube nicht, dass er etwas damit zu tun hat. Und solange seine Schuld nicht bewiesen ist, ist und bleibt er unschuldig. Basta!«

Der Reihe nach beobachte ich zuerst Berta, dann Annerl, Huaberl und unseren Oberjägermeister. Alle vier schauen ziemlich belämmert aus der Wäsche. Gemeinderat Hubert Burgunder fängt sich als Erster.

»Wenn ich das jetzt richtig verstanden habe, Bürgermeister, sollen wir zwar nach dem Josef Ausschau halten, ihn aber nicht verpfeifen.«

»Was zahlt dir eigentlich der Müller-Thurgau dafür, dass du dir solche Mühe gibst, ihn zu schonen?«, will ich wissen.

Schön langsam wird mir die Sache zu bunt. Ich stehe auf und will gehen, doch Oberjägermeister Hans Sachenberger hält mich zurück.

»Bleib, Sandra! Unser Bürgermeister wird uns jetzt ganz genau erklären, was er gemeint hat.«

Der Dorfboss schaut auf, poliert seinen Platz mit dem Hinterteil glänzend und stöhnt.

»Ist doch ganz einfach. Ich will nicht, dass ein Unschuldiger wie unser Josef seinen Kopf hinhält, damit ein immunitärer Abgeordneter seinen aus der Schlinge ziehen kann. Ich bin mir nämlich sicher, dass nur der seine Frau vergiftet hat und kein anderer.«

Annerl nickt und auch ich muss zustimmen.

»Und wie erklärst du dir, Bürgermeister«, frage ich nach einer Weile, »dass dieser Abgeordnete im Weinkeller der Müller-Thurgaus gefangen gehalten wurde? Wer sollte das veranlasst haben, wenn nicht die Kellerbesitzer selbst?«

Darauf weiß auch Pummerl keine Antwort. Er bestellt bei Josef Maria ein weiteres Bier, es ist bereits sein drittes, und sinniert vor sich hin. Plötzlich hebt er den Kopf. »Ich will einfach nicht, dass einer von uns unschuldig ins Häfen geht.«

KAPITEL 30

Während des Geplänkels im Klein Schiesslinger Dorfwirts-
haus bespricht Chefinspektor Christian Fuchs mit Inspektor
Schreiner die wenig erfreulichen Fakten, die dieser aus dem
Krankenhaus mitgebracht hat.

»Sonst hat der Abgeordnete nichts gesagt?«, fragt er enttäuscht.

»Ich glaube, Chef, der versteckt sich hinter seiner Schwäche,
um sich nicht selbst belasten zu müssen.«

Christian Fuchs nickt. Auch er ist der Meinung, dass der Abgeordnete mehr weiß, als er zugibt.

»Rekapitulieren wir einmal, Schreiner: Severin Plümpel wurde
in Wien überfallen und in den Weinkeller der Müller-Thurgaus
in Klein Schiessling verschleppt. Warum? Nur um ihn zu einem
Geständnis zu dem seinerzeitigen Autounfall mit Fahrerflucht
zu bewegen? Selbst wenn er gestanden hätte, Schreiner, wäre
das erzwungene Geständnis vor Gericht nichts wert.«

»Richtig, Chef. Das wissen wir. Aber weiß das Maximilian
Müller auch? Vielleicht hoffte er, dadurch den Tod seiner Mutter rächen zu können?«

Der Chefinspektor steht auf, geht zum Fenster, um sich jedoch gleich wieder umzudrehen.

»Und wer hat dann Zoe Rotkopf vergiftet? Das würde mich
am allermeisten interessieren. Diese Frage kann uns doch nur
Severin Plümpel selbst beantworten.«

Julius Schreiner steht auf und marschiert Richtung Tür.

»Wo willst du denn hin?«

Er hebt den Arm, als wolle er winken.

»Nochmals ins Spital! Wäre doch gelacht, wenn uns der nicht mehr zu erzählen hätte. Ich will ihm Dampf unter dem Hintern machen, Chef!«

»Wir sollen ihn aber mit Samthandschuhen anfassen«, gibt Christian Fuchs zu bedenken.

»Ja, ja. Mach ich ohnehin. Mach ich doch immer, Chef!«

Christian Fuchs muss lachen. Sein Inspektor besitzt vieles, aber gewiss keine Samthandschuhe.

»Was ist eigentlich aus dem Schriftvergleich geworden?«, setzt er nach.

Abrupt macht Schreiner kehrt und wäre sich dabei fast auf die eigenen Füße getreten.

»Sie meinen das Rezept mit der beschrifteten Rückseite, das nach der Weintaufe von Hedwig Uhudler unter Plümpels Sitz gefunden wurde? Der Bericht liegt doch schon seit gestern auf Ihrem Schreibtisch, Chef.«

»Und, was steht drin? Wie ich dich kenne, hast du ihn sicher gelesen.«

Schreiner verzieht den Mund. »Laut Schriftsachverständigem handelt es sich nicht um die Schrift des Abgeordneten. Auch nicht um die des Bürgermeisters, der neben Plümpel saß. Wir müssen weitere Schriftproben zum Vergleich vorlegen.«

Danach geht Schreiner endlich und lässt den Chefinspektor nachdenklich zurück.

»Tauber!«, telefoniert dieser ins Wachzimmer. »Fahr nach Klein Schiessling und bring Schriftproben zum Abgleich.« Geistesabwesend streicht er über seine grauen Schläfen. »Und zwar von den Gemeinderäten Hubert Burgunder, Heinrich Silvaner und Michael Rieslinger. Vielleicht deckt sich ja eine der Schriften mit der auf dem gefundenen Rezept.«

Nichts lieber als das! Sepp Tauber fährt liebend gerne nach Klein Schiessling, kann er doch dabei gleichzeitig seine Sandra besuchen. Und damit er schneller bei ihr ist, schaltet er Blaulicht und Sirene ein und rast über Eggenburg Richtung Klein Schiessling. Dort fährt er durch die Kellergasse, über die Bahngleise drüber und den Hügel hinunter.

Die Schriftproben kann er später auch noch besorgen, die laufen ihm nicht weg. Jetzt will er erst einmal seiner Freundin »Guten Tag« sagen. Oder ein bisserl mehr!

Inspektor Julius Schreiner erreicht heute zum zweiten Mal das Horner Krankenhaus.

Neuerlich stören ihn der Geruch und die sterile, weiße Trostlosigkeit. Da er den Weg bereits kennt, steigt er die breite Treppe hinauf, den langen Gang entlang und landet vor dem Zimmer, in dem er Severin Plümpel vermutet. Er drückt die Tür auf, schiebt seinen Kopf hinein, und bleibt abrupt stehen. Das Krankenzimmer ist leer. Verstört bleibt er vor der offenen Tür stehen. Ist das jetzt ein gutes oder ein schlechtes Zeichen? Geht es dem Patienten besser, sodass er vorzeitig entlassen werden konnte, oder ist er verstorben? Zum Glück taucht ein junger Mann im weißen Kittel hinter ihm auf.

»Kann ich helfen?«

»Das können Sie!« Inspektor Schreiner zückt seinen Dienstausweis. »Ich will zum Herrn Abgeordneten Severin Plümpel, aber er ist nicht auf seinem Zimmer.«

Der Weißkittel nickt. »Richtig! Er wurde vorübergehend verlegt. Sie finden ihn zwei Türen weiter.« Kurz schaut er auf. »Ah, da kommt Schwester Birgit, sie wird Sie zu ihm führen.«

Er verschwindet und Schwester Birgit lacht. Mit wogendem Busen schwebt sie auf Schreiner zu. »Sie waren doch heute schon einmal da, Herr Inspektor? Hatten Sie Sehnsucht nach mir?«

Für Scherze dieser Art ist Schreiner unempfänglich, dementsprechend brüsk fällt seine Antwort aus.

»Nein! Aber ich muss dringend noch einmal mit Severin Plümpel sprechen.«

Schwester Birgit ist eingeschnappt. Der geht auch in den Keller lachen, wie so viele seiner Zeitgenossen, denkt sie und zuckt mit den Schultern. Kann man nichts machen. Es gibt eben solche und solche Menschen. Sie deutet auf eine Tür mit der Aufschrift ‚Zimmer 12‘. »Dorthinein«, dann macht sie auf dem Absatz kehrt und wogt davon.

Schreiner bleibt keine Zeit, sich über ihr Verhalten zu wundern, weil er beim Betreten des Zimmers den Abgeordneten ertappt, wie er eben dabei ist, sich anzuziehen. Ein schmaler Spind neben dem Bett ist weit geöffnet, die vorhandenen Kleiderbügel sind leer, Hemd und Hose liegen auf dem Bett, und Plümpel sitzt mittendrin. Mühevoll versucht er, sich Socken anzuziehen.

»Was wird das, wenn es fertig ist? Hat man Sie entlassen, oder entlassen Sie sich gerade selbst?«

Plümpel zuckt zusammen. Mit Besuch hatte er nicht gerechnet. Die Visite ist vorbei, Schwester Birgit hat ihm einen schönen Tag gewünscht, und sonst weiß keiner, wo er sich aufhält.

»Was wollen Sie denn schon wieder? Ich habe Ihnen bereits alles gesagt, was ich weiß.«

»Das glaube ich nicht, Herr Abgeordneter.« Schreiner hat, wie von seinem Chef befohlen, imaginäre Samthandschuhe übergezogen. Aber wenn sich der Kerl so pappig benimmt, weiß er nicht, ob er diese nicht eiligst wieder ausziehen wird.

»Sie haben mir zum Beispiel nichts über Ihren Autounfall mit Todesfolge erzählt. Dabei kam eine Frau ums Leben, weil Sie sie in der Nacht auf offener Straße einfach liegen ließen. Das nennt man Fahrerflucht, Herr Abgeordneter! Hätten Sie unverzüglich Rettung oder Notarzt informiert, könnte diese Frau noch leben.«

Severin Plümpel wird käsiger, als er ohnehin schon ist. Sein unfreiwilliger Aufenthalt im Weinkeller der Müller-Thurgaus zeigt noch immer seine Spuren. Schreiners Vorhaltung hat ihm den Rest gegeben. Woher weiß die Polizei das? Er hat mit niemandem darüber gesprochen. Auch sein Assistent konnte über den seinerzeitigen Unfall nichts wissen. Oder doch?

Er erinnert sich an die merkwürdigen Fragen, die ihm Tobias Schreivogel kurz danach stellte. Wo ist der überhaupt? Der kann doch nicht einfach abhauen? Und während ihm wirre Gedanken wie ein Tornado in der Südsee durch den Kopf wirbeln, wird er von Schreiner aufmerksam beobachtet. Plümpel ist ihm nicht geheuer.

Und wenn ihm sein Chef nicht ausdrücklich befohlen hätte, ihn rücksichtsvoll zu behandeln, würde er ihm jetzt zeigen, wo es langgeht.

Um sich zu beruhigen, atmet er erst einmal tief durch.

»Herr Abgeordneter! Da Sie bereits dabei sind, sich anzukleiden, werde ich vor der Tür auf Sie warten. Währenddessen können Sie sich überlegen, ob es klug ist, das Krankenhaus vorzeitig zu verlassen.«

Draußen auf dem Gang beobachtet er ungeduldig die Zeiger seiner Armbanduhr. Er wartet und wartet, aber nichts tut sich. Und weil er kein Freund von Geduld ist, reißt er die Tür zu Plümpels Krankenzimmer auf und hält erschrocken inne.

Der Abgeordnete liegt am Boden, eine umgeschüttete Wasserflasche daneben und er schäumt wie ein Tollwütiger. In Sekundenschnelle drückt Schreiner den Notknopf über dem Bett und vernimmt augenblicklich eilige Schritte auf dem Gang.

Ein Arzt, der zeitgleich mit einer Krankenschwester eintrifft, schiebt ihn zur Seite und beugt sich über den Patienten. Er fühlt dessen Puls, leuchtet ihm mit einer Taschenlampe in die Augen, dann schüttelt er verwundert den Kopf.

»Exitus! Vermutlich Gift!«

Hektisch dirigiert Inspektor Schreiner Arzt samt Krankenschwester aus dem Zimmer, zückt sein Handy und ruft den

Pathologen Dr. Heribert Weinzierl an, danach die Spurensicherung. Der dritte Anruf gilt seinem Chef.

»Wie konnte das passieren, Schreiner?«, will Christian Fuchs wissen. »Du warst doch mit ihm allein. Oder war noch jemand in der Nähe?«

»Nein, Chef!« Bedröppelt schüttelt Schreiner den Kopf. »Ich kann es mir nicht erklären. Aber so wie der am Boden lag, mit Schaum vor dem Mund, glaube nicht nur ich, sondern auch der herbeigerufene Arzt, dass Severin Plümpel vergiftet wurde. Genau wie seine Frau, Zoe Rotkopf.«

Der Chefinspektor kann es nicht fassen.

»Ich höre mich jetzt im Spital um, Chef, womöglich ist jemandem etwas Verdächtiges aufgefallen.«

Und während er über die breite Treppe ins Erdgeschoß stiefelt, überlegt er, was passiert sein könnte.

Von der Dame am Empfang erfährt er, dass vor etwa zwei Stunden eine Frau mit einem Blumenstrauß und einer Mineralwasserflasche aufgetaucht ist und nach Severin Plümpel gefragt hat. »Ihr habe ich die Zimmernummer genannt und den Weg beschrieben. Sonst ist mir nichts aufgefallen. Leider!«

Schreiner konzentriert sich geistig auf das Zimmer. Dort ist ihm kein Blumenstrauß aufgefallen, nur eine halbvolle Wasserflasche, die auf einem Essenstablett stand, und herumliegende Kleidungsstücke. Er erinnert sich, dass auf dem Gang in einem Abfallkorb einiges Grünzeug steckte. Außerdem, beruhigt er sich selbst, sah er zu diesem Zeitpunkt keinerlei Veranlassung, sich im Zimmer näher umzusehen.

»Können Sie die Frau mit dem Blumenstrauß beschreiben?«

»Ich war grad am Telefonieren und hab nicht besonders darauf geachtet. Die Frau war im mittleren Alter und etwa so groß wie Sie.«

Während der Inspektor überlegt, was er sie sonst noch fragen könnte, trifft die Spurensicherung ein und dahinter folgt, mit schwerfälligen Schritten, der Pathologe Dr. Heribert Weinzierl.

Schreiner weist den Weg, folgt ihnen die Treppe hinauf und klopft im Obergeschoß an eine Tür, an der ‚Schwesternzimmer' steht.

Zwei Krankenschwestern sind mit Kaffeetrinken beschäftigt, eine dritte will gerade den Raum verlassen.

»Halt!«

Sie dreht sich um, mustert ihn lachend, »Was ist los?«

»Ich muss Ihnen ein paar Fragen stellen. Es geht um den Patienten auf Zimmer zwölf. Er wurde tot aufgefunden. Vermutlich vergiftet.«

Die drei sehen sich ungläubig an. »Vergiftet? In unserem Krankenhaus? Das kann nicht sein.«

»Doch! Ist Ihnen etwas Verdächtiges aufgefallen?«

»Wann soll denn das gewesen sein? Wir sind eben erst gekommen, um unseren Dienst anzutreten.«

Schreiner zieht nach dieser kläglichen Ausbeute enttäuscht ab, während die Spurensicherung dabei ist, Plümpels Zimmer auf den Kopf zu stellen. Dr. Heribert Weinzierl hat seine Untersuchung abgeschlossen und schnappt wortlos nach den Henkeln seiner Arzttasche, dann marschiert er rasch aus dem Krankenzimmer, ehe ihn Schreiner löchert und jetzt schon wissen will, was er selber erst nach der Obduktion weiß.

Ständig erklärt er ihm, dass er nicht hellsehen kann. Erst die gründliche Untersuchung der Leiche bringt ein Ergebnis. Aber der kleine Hektiker begreift das nicht. Deshalb wäre es klüger, ihm nach Möglichkeit aus dem Weg zu gehen.

KAPITEL 31

Diese Wendung war nicht vorherzusehen. Sowohl die Polizei als auch Oberministerialrat Dr. Dr. Wolfgang Pfeiffenhuber gingen mit Recht davon aus, dass Severin Plümpel im Krankenhaus sicher und gut aufgehoben war.

Und nun das!

»Wir müssen die Untersuchungen abwarten. Dr. Heribert Weinzierl wird uns sofort über das Ergebnis der Obduktion informieren.«

Christian Fuchs nickt geistesabwesend, steht auf, verlässt seinen Schreibtisch und lehnt sich mit dem Rücken ans Fenster.

»Wenn der Abgeordnete vergiftet wurde, haben wir es mit zwei Mordfällen zu tun, Schreiner.«

Mit schweren Schritten schiebt er sich zurück an seinen Schreibtisch, zieht das Telefon zu sich und drückt eine Kurzwahltaste.

Sogleich vernimmt er die unsympathische Stimme der Sekretärin Dr. Dr. Wolfgang Pfeiffenhubers.

»Verbinden Sie mich mit dem Herrn Oberministerialrat!«

»Warum?«

Christian Fuchs geht es augenblicklich wie seinem Inspektor. Zornig ballt er die Hand, welche nicht den Hörer hält, zur Faust und schreit ins Telefon:

»Weil ich es verlange! Deshalb! Und ein bisschen plötzlich!«

Es knackt in der Leitung.

»Kollega, was gibt es denn so Dringendes? Ich bin grad in einer wichtigen Besprechung.«

Nachdem ihn der Chefinspektor über das tragische Ableben des Abgeordneten Severin Plümpel informiert hat, ist die wichtige Besprechung plötzlich zweitrangig.

»Sie unternehmen vorläufig nichts«, befiehlt der Doppeldoktor. »Ich kümmere mich selbst darum!«

Was weder Christian Fuchs noch Julius Schreiner recht ist. Schließlich fällt der Mord, wenn es sich denn um einen handelt, in ihren Zuständigkeitsbereich. Dass es kein Selbstmord war, darüber sind sich beide Inspektoren einig. Severin Plümpel war nicht der Typ für Selbstmord. Er war gewissenlos und selbstgefällig, und so einer bringt sich nicht selbst um. Bestenfalls jemand anderen.

»Was machen wir jetzt, Chef?«

Diese Frage stellte der Inspektor in dem Fall schon sehr oft. Mit hängenden Schultern sitzt er vor dem cheflichen Schreibtisch und mustert Christian Fuchs.

Der denkt lange nach, ehe er antwortet.

»Irgendwie muss der Mörder«, er zögert, »vorausgesetzt es handelt sich tatsächlich um Mord, in das Krankenhaus gelangt sein. Denn dass es jemand vom Personal war, kann ich mir nicht vorstellen. Und will es auch nicht!«

»Mir wurde von einer Frau berichtet, die Plümpel besuchen wollte. Aber das habe ich schon berichtet.«

»Ich weiß, Schreiner. Sollte diese Person den Abgeordneten vergiftet haben, müssen wir herausfinden, um wen es sich gehandelt hat.«

»Richtig, Chef! Wir müssen nur alle Weiber, die in diesem Fall mitspielen, unter die Lupe nehmen. Viele sind es ja nicht. Mir fällt«, Schreiner streicht nachdenklich über sein Kinn, »nur Maria Müller-Thurgau ein. Auf sie würde auch die ungenaue Beschreibung der Schwester am Empfang passen. Vorausgesetzt, man lässt die Passer, die Pitzer und die Uhudler außen vor. Obwohl ich denen keine Sympathie entgegenbringe, kann ich mir auch nicht vorstellen, dass sie Grund dafür gehabt hätten, Plümpel zu ermorden. Maria Müller-Thurgau aber schon. Immerhin starb ihre Schwester auf tragische Weise vor dessen Kühlerhaube.«

Schreiner steht auf.

»Ich hol uns Kaffee, Chef. Vielleicht erleuchtet uns der.«

Nachdem ein grünes und ein bunt geblümeltes Häferl duftenden Kaffees auf dem Schreibtisch stehen, kommt Christian Fuchs zum Thema zurück.

»Leider ist noch nicht bekannt, welches Gift verwendet wurde. Doch ich gehe vorerst einmal davon aus, dass es dasselbe war, mit dem auch Zoe Rotkopf umgebracht wurde.«

»Wenn wir wüssten, Chef, wer die Frau war.«

Die beiden leeren gedankenverloren ihre Kaffeehäferln und schieben sie von sich.

»Welche Frauen kämen denn infrage?«

»Außer Maria Müller-Thurgau fällt mir keine ein, Chef. Und die weilt auf Sizilien.«

Was nicht unbedingt stimmen muss, denkt Christian Fuchs. Vielleicht hat die ihren Urlaub nur vorgetäuscht. »Du solltest der Krankenschwester am Empfang ein Foto von Maria Müller-Thurgau zeigen und fragen, ob es sich dabei um jene Frau mit dem Blumenstrauß gehandelt hat, welche Plümpel besuchen wollte.«

»Das wäre gut, Chef, wenn wir ein Foto von ihr hätten. Haben wir aber nicht.«

»Schick Bauer oder Tauber nach Klein Schiessling. Vielleicht treiben sie ein Foto auf. In irgendeiner Chronik, vielleicht des Weinbauvereins? Es wird doch irgendwo ein Foto von der geben. Zusätzlich sollen sie herausfinden, ob einem der Dörfler in der Zwischenzeit etwas auf- oder eingefallen ist.«

Schreiner steht auf. »Mach ich, Chef. Mach ich viel lieber, als selbst in dieses Kaff zu fahren.«

Lachend schüttelt der Chefinspektor den Kopf.

»Schreiner, Schreiner, du änderst dich nimmer!«

Empört dreht der sich um.

»Warum sollte ich, Chef?«

»Weil es«, Christian Fuchs lacht weiter, »zur Abwechslung einmal was anderes wäre.«

Schreiner schlägt die Tür hinter sich zu.

Was sein Chef immer hat. Er will nun einmal nicht mit diesen zurückgebliebenen Kleingeistern reden. Wann kapiert Fuchs das endlich?

»Griaß di, Sepp!«

Ohne zu antworten, umfassen mich zwei starke Arme und nehmen mir den Atem.

»Was machst du denn hier?«, brumme ich in seine Brust, die sich auf meiner Augenhöhe befindet. »Hast du keine Arbeit?«

Sein Druck wird stärker, ich kann und will mich nicht dagegen wehren.

Nur loslassen und genießen!

Es ist schon spät, als sich Sepp aus meinem Bett schält.

Mit verstrubbelten Haaren sitzt er am Tisch und greift hungrig nach einem belegten Brot. Kaffeeduft steigt von der Küche kommend in unsere Nasen und wir sind glücklich. Man muss das Leben genießen.

Savoir vivre!

»Was weißt du über die Müller-Thurgaus?«

Seine Frage holt mich in die Gegenwart zurück. Neugierig mustere ich ihn.

»Außer, dass sie einen Weinkeller besitzen und zurzeit auf Sizilien Urlaub machen, nichts. Warum?«

Kurz zögert er mit der Antwort.

»Eine Frau, deren Beschreibung auf Maria Müller-Thurgau passen könnte, hat Plümpel im Krankenhaus besucht, und jetzt ist er tot.«

»Tot? Der ist tot?« Ich kann es nicht glauben. »Woran ist er denn gestorben?«

»Nicht an den Nachwirkungen seiner Gefangenschaft, sondern an Gift.«

Ich springe auf. »Gift? Wie seine Frau?«

Er nickt. »Und da er im Krankenhaus Besuch von einer Frau bekommen hatte, dachte ich, du kannst mir weiterhelfen.«

»Ich war es nicht!«, antworte ich verwundert, was er mit einer weiteren Frage übergeht.

»Hast du eine Ahnung, welche Frau das gewesen sein könnte?«

Energisch schüttle ich den Kopf.

»Ich kenn doch den seine Weiber nicht.«

»Mir fällt nur eine Frau ein, die in die Geschichte in irgendeiner Form involviert ist, nämlich Maria Müller-Thurgau. Auf die könnte auch die Beschreibung passen, welche Schreiner im Spital erhalten hat. Ich bräuchte ein Foto, um es im Krankenhaus herumzeigen zu können.«

»Aber Sepp! Die Maria kann es nicht gewesen sein. Die ist doch auf Sizilien.«

»Nicht unbedingt«, antwortet er. »Schreiner hat alle Fluglinien kontaktiert. Bei keiner taucht der Name Müller-Thurgau auf. Weder bei einem Flug nach Sizilien noch sonst wohin. Auch ihr Auto steht in Klein Schiessling in der Garage.«

Das ist allerdings merkwürdig.

»Auch bei keinem Billigflieger?«

Sepp schüttelt den Kopf.

Schreiner ist in solchen Dingen ein Pedant. Wenn der etwas recherchiert, kann man sich darauf verlassen.

»Wenn die Müller-Thurgaus gar nicht auf Urlaub wären?«, überlegt er laut. »Weder in Sizilien noch in Buxtehude?«

»Dann könnten sie mit dem Mord zu tun haben. Ihre Schwester wurde von Plümpel über den Haufen gefahren, und einfach auf der Straße liegen gelassen, bis sie gestorben ist. Für mich wäre das ein eindeutiges Mordmotiv.«

Sepp beobachtet mich, während mein Kopf zu rauchen anfängt.

»Wenn ich das richtig verstehe«, überlege ich und mustere ihn, »bräuchte die Polizei Beweise dafür, dass dieser Sizilien-Aufenthalt ein Fake ist.«

Nun verstrubbelt er schon wieder seine Haare und ich würde ihm am liebsten um den Hals fallen, weil er dabei richtig sexy aussieht. Jedoch bremst der Ernst der Lage diesen Wunsch vorerst ein.

»Euer Bürgermeister hat neulich behauptet, dass er den Josef in Eggenburg gesehen hat. Das würde passen.«

Ich lege nachdenklich meine Stirn in Falten.

»Hör zu, Sepp. Morgen ist ihr Urlaub zu Ende. Ich werde die Müller-Thurgaus aufsuchen und mit ihnen über Sizilien tratschen. Du weißt, ich kenne diese Insel seit vielen Jahren, und wenn sie nicht dort waren, finde ich das heraus. Danach sehen wir weiter.«

Womit er sich zufrieden gibt und mich noch einmal fest an sich drückt.

Kapitel 32

Sepp Tauber wendet vor meinem Gartentürl, fährt Richtung Ortsmitte und parkt den Streifenwagen am Ende der Kellergasse. Dann spaziert er durch Klein Schiessling, und die erste Person, die ihm auf der Straße begegnet, ist Pfarrer Miroslav Jankovic. Jeder andere wäre ihm in diesem Augenblick lieber gewesen.

»Gott zum Gruße, Herr Polizist.«

»Grüß Gott, Herr Pfarrer!«

»Was führt die löbliche Polizei in unser beschauliches Dörfchen?«

Na, so beschaulich ist es hier auch wieder nicht, wenn man an die zahlreichen Mordfälle der letzten Jahre denkt. Sepp Tauber will schon weitergehen, weil er dem salbungsvollen Geschwafel, das erwartungsgemäß gleich folgen wird, entgehen will, da lassen ihn die priesterlichen Worte innehalten.

»Sie sind sicher auf den Spuren des Täters. Vielleicht kann ich Ihnen dabei ein klein wenig weiterhelfen.«

Pfarrer Miroslav Jankovic macht einen Schritt auf Tauber zu. »Die Liesel hat mir erzählt«, flüstert er, »dass die arme Frau Rotkopf nur durch Zufall vergiftet wurde. Eigentlich hätte der Giftanschlag dem Herrn Abgeordneten gelten sollen.« Er bekreuzigt sich mehrmals, ehe er weiterspricht: »In was für einer Zeit leben wir eigentlich, wenn nicht einmal unsere hochverehrten Politiker vor Anschlägen auf ihr Leben sicher sein können?«

Hätte er sich eigentlich denken können, dass von kirchlicher

Seite nichts Brauchbares kommen kann. Er hebt die Hand zum Gruß und marschiert weiter, gefolgt von Gottes Segen.

Dann schwenkt er nach links, Richtung Dorfwirtshaus, und sieht plötzlich schemenhaft einen Mann um die Ecke des Klein Schiesslinger Kulturhauses flitzen. Irgendwie kommt ihm der bekannt vor. Zielstrebig stapft er in diese Richtung, doch als er vor dem Kulturhaus ankommt, ist die Gestalt wie vom Erdboden verschluckt. Weit und breit ist niemand zu sehen. Sepp Tauber macht kehrt und peilt das Dorfwirtshaus an, aus dem laute Stimmen bis auf die Straße dringen, obwohl die Tür geschlossen ist. Scheint viel los zu sein, überlegt er und steigt die paar Stufen zum Eingang hinauf.

»Wenn ich euch sag, dass ich den gesehen hab, dann könnt ihr das auch glauben.«

»Warst vielleicht ein bisserl benebelt, Bürgermeister?«

Diese anzügliche Frage stellte Gemeinderat Michael Rieslinger, der am Stammtisch hockt, umgeben von seinen Gemeinderatskumpeln Hubert Burgunder und Heinrich Silvaner.

»Der kann es nicht gewesen sein«, fügt er belustigt hinzu. »Die kommen doch erst heut oder morgen aus dem Urlaub zurück.«

Sepp Tauber wird hellhörig. Die Debatte dreht sich scheinbar um die Müller-Thurgaus.

Bürgermeister Alfons Pummerl zieht langsam sein Bierkrügel zu sich, hebt es hoch und trinkt. Danach wischt er, wie immer, mit dem Handrücken den Schaum vom Mund und mustert Michael Rieslinger.

»Das glaubst aber auch nur du. Wenn ich dir sag, ich hab ihn gesehen, dann stimmt das auch!«

Ergeben senkt Michael Rieslinger sein Haupt, als würde Pfarrer Miroslav Jankovic ihm priesterlichen Segen erteilen.

Erst jetzt wird man auf Sepp Tauber aufmerksam, der sich interessiert an den Dorfboss wendet.

»Wen haben Sie gesehen, Herr Bürgermeister?«

Pummerl steckt schweigend seinen Riechkolben in das Bierkrügel.

Der Wirt eilt herbei, deutet auf den Tisch beim Fenster.

»Da ist es ruhiger als am Stammtisch.«

Notgedrungen setzt sich Sepp an den Einzeltisch, obwohl ihm der Stammtisch viel lieber gewesen wäre. Da er aber überzeugt ist, dass in seiner Anwesenheit ohnehin nichts Interessantes gesprochen wird, kann er ebenso gut auch hier sitzen. Er bestellt ein Mineralwasser und langt nach der Wochenzeitung, die vor ihm auf dem Fensterbrett liegt. Gelangweilt beugt er sich darüber und blättert hie und da um, während er der Unterhaltung am Stammtisch lauscht. Dort hat man ihn bereits vergessen, achtet nicht auf ihn und unterhält sich laut weiter. So erfährt er, dass Pummerl glaubt, Josef Müller-Thurgau in Eggenburg gesehen zu haben, obwohl das theoretisch gar nicht sein kann.

»Bitte schön!«

Josef Maria Krügerl stellt eine kleine Flasche Mineralwasser samt einem Glas vor ihm auf den Tisch.

»Da geht's heute rund! Das Jagdfieber ist über unsere Gemeinde hereingebrochen. Jeder will sich wichtigmachen und dem Rest der Welt beweisen, wie gut er Mörder jagen kann. Allen voran unser Dorfboss.«

Lachend verlässt er den Tisch, um weiter seine Gläser zu polieren. Die Uhr über der Theke begleitet ihn mit stoischem Ticken.

Die Nachricht, dass Josef Müller-Thurgau in Eggenburg gesehen wurde, ist für Sepp Tauber interessant. Er geht nicht davon aus, dass Alfons Pummerl benebelt war, wie Michael Rieslinger behauptete. Vielmehr ist er überzeugt, dass der Bürgermeister richtig gesehen hat. Rasch trinkt er sein Mineralwasser aus und ruft den Wirten, um zu bezahlen.

»Geht aufs Haus!«

»Danke!«

Und schon steht er auf der Straße und zückt sein Smartphone, um Inspektor Julius Schreiner die Neuigkeit mitzuteilen.

»Die sind gar nicht auf Sizilien, sondern hier?«, brüllt der empört. »Kontrollieren Sie das sofort! Deren Haus! Und auch den Weinkeller! Ich will wissen, ob das stimmt.«

Da der Streifenwagen ohnehin am Ende der Kellergasse parkt, stiefelt Sepp Tauber zunächst zum Weinkeller. Die Spurensicherung hat den Keller nach Auffinden Severin Plümpels freigegeben und das Polizeisiegel entfernt. Sepp Tauber rüttelt an der alten Holztüre, doch die ist versperrt. Er klopft dagegen und wartet, aber niemand öffnet. Entweder ist keiner drinnen, oder man will ihm nicht öffnen.

Auch gut!

Er steigt in den Wagen und fährt nachdenklich zu deren Wohnhaus. Doch auch hier ist kein Mensch anzutreffen. Er umrundet das Haus, alle Fenster sind geschlossen und die Rollos unten. Nochmals ruft er Schreiner an.

»Kommen Sie zurück! Ich halte in der Zwischenzeit Rücksprache mit dem Chef. Der soll über das weitere Vorgehen entscheiden.«

Sepp Tauber steckt das Telefon weg, macht sich auf den Weg nach Horn und muss grinsen. Er ist sich sicher, dass Schreiner am liebsten beide Gebäude ohne offiziellen Durchsuchungsbeschluss auf den Kopf stellen würde.

»Setz dich, Tauber!«

Christian Fuchs deutet auf den Besuchersessel vor seinem Schreibtisch. Neben ihm sitzt Schreiner mit finsterem Gesicht, beide Fäuste unter dem Tisch zusammengekrampft. Es ist nachvollziehbar, wie dem Choleriker zumute sein muss. Seiner Überzeugung nach sind Josef und Maria Müller-Thurgau in den Mordfall verwickelt. Trotzdem kann er nichts unternehmen, außer hier zu sitzen, während die sich wahrscheinlich in der Zwischenzeit aus dem Staub machen. Der Bericht Taubers ist kurz und prägnant.

»Und, glaubst du dem Bürgermeister?«, fragt der Chefinspektor. Ein bedächtiges Nicken ist die Antwort. »Dann müssen wir überlegen, wo sich die beiden aufhalten könnten.«

Inspektor Julius Schreiner löst beide Fäuste.

»Dieser Maximilian Müller, der gerade bei uns einsitzt, hat doch ein Physioinstitut in Sigmundsherberg, welches ihm angeblich Josef Müller-Thurgau finanziert hat. Vielleicht sind die zwei dort untergetaucht?«

Chefinspektor Christian Fuchs streicht nachdenklich über seine ergrauten Schläfen.

»Das wäre möglich, Schreiner. Aber ehe wir wie verrückte Trüffelschweine alle Winkel des Waldviertels durchwühlen, wäre es einfacher, abzuwarten. Irgendwann müssen sie auftauchen, dann schnappen wir zu.«

An Tauber gewandt meint er: »Du hast doch ohnehin gesagt, dass deren Urlaub vorbei ist.«

Tauber nickt und Fuchs lehnt sich gemütlich zurück.

»Deine Freundin, die, wie du gesagt hast, Sizilien gut kennt, könnte sich mit denen über deren Urlaub unterhalten. Womöglich bringt das Gespräch Klarheit. Danach sehen wir weiter!«

Inspektor Julius Schreiner will schon aufspringen, doch der mahnende Blick seines Chefs hält ihn zurück.

»Langsam, Schreiner! Mit Besonnenheit erreichst du ganz sicher mehr als mit Hektik.«

»Aber, Chef, …«

»Glaub mir. Wenn die Müller-Thurgaus Dreck am Stecken haben, kriegen wir das raus.«

Schreiner ist anderer Meinung. Viel lieber würde er seine Fäuste spielen lassen als gemütlich darauf zu warten, bis die zurückkommen.

KAPITEL 33

»Griaß di, Maria! Wieder zurück vom Urlaub?«

Das nennt man Glück!

Ich muss Maria Müller-Thurgau nicht daheim aufsuchen, sondern treffe sie in Eggenburg beim Einkaufen. So einfach hätte ich mir das nicht vorgestellt.

»Hast Zeit?«, frage ich sie. »Gehen wir auf einen Kaffee in die Bäckerei?«

Sie druckst herum und schaut nervös auf ihre Armbanduhr. »Viel Zeit hab ich nicht.«

»Macht nichts. Komm mit! Für einen Kleinen Braunen reicht es sicher.«

»Na gut«, antwortet sie seufzend und ihr ist anzusehen, dass ihr unser Treffen mehr als unangenehm ist. Aber darauf kann ich keine Rücksicht nehmen. Ich habe Sepp versprochen, ihm zu helfen, und das mache ich auch.

Kurz entschlossen schleife ich sie in die Bäckerei im Grätzel. Wir finden einen leeren Tisch. Sie stellt ihren gefüllten Einkaufskorb auf den Boden, und ich hänge meine Tasche über die Sessellehne. Schon nähert sich eine freundliche Serviererin.

»Was darf's denn sein, die Damen?«

»Für mich einen Kleinen Braunen. Und was nimmst du?«

Nickend bestellt sie auch einen.

»Jetzt erzähl! Wie war's auf Sizilien? Ich bin schon so gespannt.«

»Schön! Sehr schön war es. Wir haben viel besichtigt und gut gegessen. Nur das Wetter war halt schon kalt.«

»Wo habt ihr denn gewohnt?«

»In so einem kleinen Nest am Strand. Nix Besonderes.«

Den Ort will oder kann sie nicht nennen.

»Und was habt ihr alles besichtigt? Wahrscheinlich seid ihr auch in Taormina gewesen.«

»Taor… was?«

»Taormina! Na, ist nicht so wichtig. Ist ja nur ein kleiner nichtssagender Ort.«

»Ach so, der. Da sind wir einmal durchgefahren. War aber überhaupt nix los dort. Das liegt ja an so einem ungepflegten, verlassenen Strand. Aber die Kirche war schön.«

»Welche Kirche? Die von Taormina?«

»Nein!« Jetzt wird sie unruhig, trinkt ihren Kaffee aus und will aufstehen.

»Die Kirche von Sizilien!«

Als wenn es dort nur eine gäbe! Aber so leicht kommt sie mir nicht davon.

»Welchen Flughafen seid ihr denn angeflogen? Naxos, Palermo oder Catania?«

Eine Weile überlegt sie, dann springt sie auf, schnappt nach ihrem Einkaufskorb und stürmt auf den Ausgang zu. Kurz davor dreht sie sich noch einmal um. »Naxos!«

Reingefallen!

Naxos liegt am Strand unterhalb von Taormina. Zu dem Ort gehören zahlreiche Hotels und noble Geschäfte, aber niemals ein Flughafen.

Nicht einmal ein kleiner privater. Passagierflughäfen gibt es bei Palermo und Catania.

Wenn die auf Sizilien war, dann war ich auf dem Mond!

»Sandra, was gibt's?«

»Sepp, hör zu. Ich hab mit der Maria gesprochen!«

»Und was hat sie dir erzählt?«

Lachend schildere ich ihm die Antworten, die ich von Maria Müller-Thurgau auf meine Fragen erhalten habe.

»Die beiden waren nie und nimmer auf Sizilien.«

Eine Weile bleibt es still in der Leitung, dann bedankt er sich.

»Das wird den Schreiner interessieren. Aber«, überlegt er, »das heißt nicht, dass sie daheim waren. Die könnten weiß Gott wo Urlaub gemacht haben.«

Ich schüttle meinen Kopf, was Sepp aber nicht sehen kann.

»Und warum haben sie sich dann solche Mühe gemacht, uns in dem Glauben zu lassen, sie seien auf Sizilien? Doch nur, weil das weit genug weg ist und niemand auf die Idee kommt, sie hier mit einem Verbrechen in Verbindung zu bringen.«

»Hast auch wieder recht.«

Wir beenden unser Telefonat und Sepp Tauber eilt unverzüglich zu Schreiner, der jedoch nicht in seinem Zimmer hockt. Er trifft ihn im Chefzimmer an.

»Tauber! Ich hoffe, du bringst gute Neuigkeiten«, begrüßt ihn Chefinspektor Christian Fuchs.

»Ich glaube schon, Chef. Die Sandra, also meine Freundin in Klein Schiessling, hat mit Maria Müller-Thurgau gesprochen und festgestellt, dass die niemals auf Sizilien gewesen sein kann. Sandra war schon oft dort und kennt sich aus. Alle Sehenswürdigkeiten ließ Maria Müller-Thurgau unerwähnt. Weder von Palermo noch von Taormina, dem Fremdenverkehrsort schlechthin, hat sie etwas gewusst.«

Schreiner haut mit der Faust auf den cheflichen Schreibtisch und brüllt:

»Dachte ich es mir doch! Die beiden wollten sich mit ihrem Urlaubsgeplapper nur ein Alibi verschaffen. Bringen Sie die Müller-Thurgaus her. Sofort!«, schnauft er. »Alle beide! Die können was erleben.«

»Ruhig Blut, Schreiner«, besänftigt ihn sein Chef, ist jedoch mit dieser Entscheidung einverstanden. Auch er würde gern eine Erklärung dafür bekommen, warum man die Polizei angelogen hat.

Es dauert nicht lange, dann führt Sepp Tauber Maria Müller-Thurgau, die er daheim angetroffen hat, ins Chefzimmer und bleibt neben der Tür stehen.

Die Frau blickt um sich, nimmt auf dem angebotenen Sessel Platz und legt ihre Hände in den Schoß.

»Frau Müller-Thurgau, wir haben ein paar Fragen an Sie und Ihren Mann. Wo ist er?«

»Mein Mann ist in der Autowerkstätte. Ich habe ihn informiert und er wird nachkommen.«

In Ordnung, denkt Christian Fuchs und richtet seine erste Frage an die Frau.

»Wo waren Sie in den letzten zwei Wochen?«

»Na, auf Sizilien«, empört sie sich. »Wir haben Urlaub gemacht. Das weiß doch jeder in Klein Schiessling.«

»Das glaube ich Ihnen nicht«, antwortet Christian Fuchs gelassen. »Sie wurden hier gesehen.«

Was nicht ganz stimmt, denn Alfons Pummerl sah, wenn überhaupt, nur Josef Müller-Thurgau, aber nicht dessen Frau.

»Also! Wo waren Sie?«, brüllt Schreiner ungeduldig dazwischen. Er will dieses leidige Gespräch zu Ende bringen. »Wir wollen jetzt endlich die ganze Wahrheit wissen! Tischen Sie uns keine weiteren Lügen auf! Die Märchenstunde ist beendet!«

Maria Müller-Thurgau streckt den Rücken gerade, blickt von Schreiner zu Fuchs, wieder zurück und schweigt.

»Also?«, fragt Christian Fuchs weitaus ruhiger als Schreiner. »Wo waren Sie wirklich?«

»Das wissen Sie doch.« Sie öffnet ihre Handtasche, kramt darin herum, zieht ein Taschentuch hervor und wischt damit über ihre Augen. »Wenn Sie keine weiteren Fragen haben, möchte ich jetzt gehen.«

»Sie gehen nirgend wohin!«, wird nun auch Christian Fuchs energisch. Augenblicklich konfrontiert er sie mit seiner Vermutung.

»Warum haben Sie Abgeordneten Severin Plümpel im Krankenhaus besucht, ihm Blumen gebracht und mit einer Flasche Mineralwasser vergiftet? Und lügen Sie uns nicht schon wieder an! Auch dabei wurden Sie gesehen!«

Nun ist ihre gespielte Gelassenheit abgefallen wie ein reifer Apfel vom Baum. Ihr Blick wandert zu Boden. Sie betrachtet ihre Schuhspitzen, als hätte sie diese noch nie zuvor gesehen und schweigt.

»Ich wiederhole meine Frage: Aus welchem Grund haben Sie Abgeordneten Severin Plümpel umgebracht?«

Schreiner wird es schön langsam zu bunt. Unerwartet knallt seine Faust auf den Schreibtisch.

»Reden Sie endlich, oder Sie bleiben bei uns, bis Sie Ihre Sprache wiedergefunden haben.«

Maria Müller-Thurgau erschrickt, sackt zusammen und bittet um ein Glas Wasser. Tauber, der neben der Tür stehend das Ganze verfolgt hat, wendet sich ab und kommt kurz darauf mit einem Glas Wasser zurück. Er stellt es vor sie hin. Fragend schaut sie auf. »Können Sie ruhig trinken«, meint er süffisant. »Unser Wasser ist nicht vergiftet!«

Der Chefinspektor unterdrückt ein Grinsen und lässt sie in Ruhe das Glas leeren, dann setzt er fort:

»Wollen Sie nicht endlich Schluss machen mit dieser Komödie? Wir wissen doch ohnehin, was vorgefallen ist.«

Sie kämpft mit sich und ist unschlüssig, wie sie sich weiter verhalten soll. Nach geraumer Zeit, die Schreiner wie eine Ewigkeit erscheint, beginnt sie endlich zu sprechen.

»Was hätte ich denn machen sollen?«, fragt sie schluchzend. »Mein Neffe hat ihn mit dem Autounfall, bei dem meine Schwester ums Leben kam, konfrontiert und ihm angedroht, wenn er den Unfall nicht gesteht, gehe er zur Polizei. Der werte Herr Abgeordnete hat alles abgestritten und gedroht, wenn mein Neffe zur Polizei geht, werde er uns alle ruinieren. Uns alle! Der hat uns regelrecht erpresst. Stellen Sie sich das einmal vor! Wir sollten ihm unseren Weinberg überschreiben, oder er geht zur Polizei, hat er gesagt. Der hat einfach den Spieß umgedreht!«

Nun sinkt Maria Müller-Thurgau in sich zusammen und weint herzzerreißend. Christian Fuchs reicht ihr ein frisches Taschentuch. Ihres ist ihr aus der Hand gerutscht und liegt tränendurchtränkt unter dem Tisch.

Die beiden Inspektoren sind perplex. Sie haben den Politiker zwar als unsympathisch empfunden. Aber das?

Maria Müller-Thurgau schnäuzt in das chefliche Taschentuch, dann richtet sie sich kerzengerade auf und blickt Christian Fuchs tief in die Augen.

»Obwohl er selbst seine Frau den vergifteten Wein trinken ließ.«

»Der hat waaas?«

Sie nickt.

»Wahrscheinlich hat er gesehen, wie mein Mann etwas in seinen Wein geschüttet hat. Danach hat er schnell das Wasserglas seiner Frau ausgetrunken und ihr sein Weinglas hingeschoben. Das war vorsätzlicher Mord, sage ich Ihnen. Und so einer will uns erpressen?«

Sie macht einen Schluck vom Wasser. »Leider hat Maximilian ein gutes Herz, sonst hätte er diese Kreatur im Weinkeller verhungern lassen. Wir haben extra überall herumerzählt, dass wir auf Urlaub sind. Und was während dieser Zeit in unserem Keller passiert, dafür sind wir nicht verantwortlich.«

Ihr Atem beschleunigt sich und ihre Hände beginnen zu zittern.

»Der hätte uns total ruiniert.«

Schluchzend legt sie den Kopf in beide Hände.

»Alles wollte der uns nehmen! Alles! Unsere ganze Existenz! Alles, wofür wir unser Leben lang geschuftet haben! Dieser Drecksack! Zuerst bringt er meine Schwester und seine Frau um und dann will er auch noch unseren Besitz. Das kann man doch nicht zulassen?«

Christian Fuchs und Julius Schreiner brauchen eine Weile, um das soeben Gehörte zu verdauen.

»Der hat gesehen, wie Ihr Mann seinen Wein manipuliert hat und den trotzdem seine Frau trinken lassen?«

Schreiner springt auf und lässt neuerlich seinen Fäusten freien Lauf. Das Wasserglas fällt um, was ihm einen rügenden Blick seines Chefs einbringt, und Maria Müller-Thurgau zusammenzucken lässt.

Er ignoriert beide Reaktionen und wendet sich an Christian Fuchs.

»Damit ist der Mord an Zoe Rotkopf aufgeklärt, Chef!«

»Nicht nur der, Schreiner«, stimmt Christian Fuchs zu.

»Eine Frage noch, Frau Müller-Thurgau«, er reibt nachdenklich an seinem Ohrläppchen. »Wie haben Sie es geschafft, Severin Plümpel das vergiftete Mineralwasser unterzuschieben?«

»Das war einfach. Vor seinem Zimmer stand ein Servierwagen mit Essen und einer Flasche Wasser. Diese Flasche habe ich mit meiner mitgebrachten getauscht. Ich habe nur gehofft, dass er davon auch trinkt. Vorsichtshalber habe ich die Dosis erhöht.«

Fuchs und Schreiner sind zwar entsetzt über diese Kaltblütigkeit, können das Verhalten aber, zumindest teilweise, verstehen. Rache und Angst sind gefährliche Mordmotive.

Der Chefinspektor schaut auf und Tauber nähert sich der Frau. Fragend blickt der seinen Chef an, doch Christian Fuchs hebt seine Hand.

»Eine letzte Frage noch, Frau Müller-Thurgau. Leidet Ihr Mann an Grünem Star?«

»Ja? Wie kommen Sie darauf?«

»Nicht so wichtig.«

Damit wäre auch das Rätsel des von Hedwig Uhudler gefundenen Rezepts geklärt. Das Medikament wird, laut Dr. Heribert Weinzierl, von Augenärzten bei Grünem Star verordnet.

Im Chefzimmer bleibt es lange Zeit still.

Christian Fuchs zögert, weil er sich fragt, was Gerechtigkeit in diesem Fall bedeutet. Irgendwie kann er das Verhalten der Frau verstehen, die um ihre Existenz bangte und den Tod ihrer Schwester nicht so einfach hinnehmen konnte. Wahrscheinlich hätten andere in ihrer Situation ebenso gehandelt. Trotzdem bleibt ihm nach diesem Geständnis nichts anderes übrig, als dem Gesetz entsprechend zu handeln.

»Frau Maria Müller-Thurgau, Sie sind des Mordes an Abgeordnetem Severin Plümpel überführt. Ich muss Sie leider festnehmen.«

Nachdem sie abgeführt wurde, klopft es und ein Polizist drängt Josef Müller-Thurgau ins Chefzimmer.

Schreiner hält ihm die Aussage seiner Frau vor, worauf er einknickt. Er versucht erst gar nicht, zu leugnen.

»Meine Frau und ich wollten unsere Existenz retten.«

Er wischt über seine Augen.

»Hätten wir anders gehandelt, wäre dieser korrupte Kerl freigekommen. Niemand hätte ihm auch nur ein Haar gekrümmt. Der hätte auf seine Immunität gepocht und wir durch die Finger geschaut. Wir kennen solche Fälle aus den Nachrichten. Unsere Politiker steigen steil empor und im Gegensatz zu uns fallen sie kaum zurück.«

Christian Fuchs und Julius Schreiner sitzen nach den beiden Geständnissen allein im Chefzimmer.

»Schade, Chef«, brummt Schreiner, »dass wir dem Lackaffen nicht mehr ans Zeug flicken können. Zu gern hätte ich den in die Mangel genommen.«

»Und hinterher hättest du dich geärgert, dass er ohne Strafe davonkommt.«

Der Chefinspektor lehnt sich zurück, verschränkt die Hände hinter dem Kopf und schließt die Augen.

»Glaub mir, Schreiner«, brummt er nach einer Weile, »so ist es besser für alle Beteiligten!«

KAPITEL 34

Die Ereignisse in Verbindung mit der heurigen Weintaufe und die rasche Aufklärung durch die Polizei werden nicht nur in Klein Schiessling wild diskutiert. Auch die Medien sind voll davon. Vor allem, weil ein angesehener Politiker darin involviert war, der jetzt tot ist und nicht mehr zur Rechenschaft gezogen werden kann.

Oberministerialrat Dr. Dr. Wolfgang Pfeiffenhuber hat ein trauriges Statement abgegeben und gleichzeitig Chefinspektor Christian Fuchs zur raschen Lösung des Falles gratuliert.

Das war's dann, aber nicht für die Dörfler und Dörflerinnen in Klein Schiessling. Dort gehen die Debatten über die vergangenen Ereignisse jetzt erst so richtig los.

»Was glaubts denn ihr«, wirft Gemeinderat Heinrich Silvaner am Stammtisch des Dorfwirtshauses ein, »was dem Herrn Abgeordneten wirklich passiert wäre, wenn ihn die Maria nicht umgebracht hätte?«

»Vermutlich gar nix, Heinrich.«

Davon ist nicht nur Bürgermeister Alfons Pummerl, sondern auch Gemeinderat Michael Rieslinger überzeugt.

»Der hätte alles geleugnet, sich rausgeredet, hinter seiner Immunität verschanzt und wäre damit garantiert auch durchgekommen.«

Gemeinderat Heinrich Silvaner muss dem zustimmen.

»Dann war das ja die gerechte Strafe, dass ihn die Maria mit demselben Gift umgebracht hat, wie der seine Frau. Obwohl das Gift ursprünglich ja für ihn bestimmt war.«

»So quasi Aug um Aug, Zahn um Zahn«, deklamiert der jüngste Gemeinderat Hubert Burgunder. »Schade ist nur, dass die Maria und der Josef dafür ins Gefängnis müssen.«

Während Josef Maria Krügerl die leeren Gläser nachfüllt, ist Frau Krügerl in der Küche mit dem Mittagessen beschäftigt. Sie hat aber die Debatten im Schankraum verfolgt und schiebt nun ihren Kopf durch die offene Küchentür.

»Das ist doch immer so! Wenn einer einen Mord begeht, landet er im Gefängnis. Wenn einer ein ganzes Volk umbringt, kriegt er dafür einen Orden.«

Ihr Kopf verschwindet wieder hinter der Küchentür und die Stammtischrunde stimmt, laut auf den Tisch hämmernd, zu.

Und mit diesem Gehämmer werden Annerl Passer und Berta Pitzer begrüßt, die das Lokal in diesem Moment betreten. Sie schauen sich um und streben auf den Stammtisch zu, an dem noch Platz ist.

»Na, was sagts zu den Müller-Thurgaus?«, schnauft Berta Pitzer und rückt gefährlich nahe an Gemeinderat Heinrich Silvaner heran.

»Überall Verbrecher! Wohin ma schaut, nur Mord und Totschlag«, gibt Annerl Passer ihren Senf dazu und setzt sich dem Dorfboss gegenüber. Dann bestellt sie beim Wirten ein Achterl Grünen Veltliner.

Fast gleichzeitig erreichen Hedwig Uhudler und ich das Dorfwirtshaus.

Der Stammtisch ist wegen Überfüllung geschlossen, deshalb nehmen wir am kleinen Fenstertisch Platz.

Wir winken Annerl und Berta zu und bestellen bei Josef Maria zwei Gspritzte.

Unser Bürgermeister brummt » Griaß eich!«, und höflichkeitshalber winken wir auch ihm zu.

»Jetzt ham ma scho wieder Mörder unter uns«, echauffiert sich die Dorftratschen. Sie zieht das Glas Grünen Veltliner, das der

Wirt vor ihr abgestellt hat, näher zu sich und streicht über ihre aufgeknödelten Haare.

Unser Dorfboss bestellt ein weiteres Krügel Bier und zusätzlich ein Paar Würstel mit Senf! »Und ein Hausbrot!«

Die Bestellung wird von Josef Maria registriert. Er eilt in die Küche zu seiner Frau.

»Was hat denn den Josef g'ritten«, fährt Annerl fort, »dass der den Plümpel vergiften wollt?«

»Er hat sich gerächt!«, erklärt Gemeinderat Heinrich Silvaner. »Der werte Herr Abgeordnete hat seine Schwägerin mit dem Auto über den Haufen gefahren und auf der Straße liegen lassen, bis sie gestorben ist. Das war auch Mord!«

Die Dorftratschen zuckt mit den Schultern.

»Stimmt! Trotzdem!«, motschkert sie. »Sowas macht ka Winzer! Wo komma denn da hin, wenn ana den andern Weinbauern umbringt, nur weil ihm was net passt! Dafür is no immer die Polizei zuständig.«

Nun stellt sich die Frage, warum sie sich dann immer in die Polizeiarbeit einmischt und damit den kleinen Inspektor Julius Schreiner zur Weißglut bringt.

»Man is sich ja seines Lebens nimmer sicher«, redet sie ohne Punkt und Komma weiter. »Wenn des a jeder macht!«

Verächtlich schüttelt sie den Kopf, wobei ihr Haarknödel verdächtig wackelt. »Sowas macht ma net, und scho gar net a Winzer!«

Nach einem Schluck Wein mustert sie herausfordernd den Dorfboss, der still vor sich hinbrütet. Nicht einmal seine Hängebäckchen schwabbeln. Nur der vom vielen Alkohol gerötete Riechkolben glüht und markiert die Mitte seines runden Gesichts.

»Was sagst denn du dazu, Alfons? Oder hat's dir die Red verschlagn?«

Durch den Bürgermeister geht ein unmerklicher Ruck. Langsam hebt er den Kopf und nickt geistesabwesend. Es braucht eine Weile, bis Annerls Frage in seinen hintersten Gehirnwindungen ankommt. Bei Pummerl geht nichts schnell. Und schon gar nicht eine Antwort auf eine Frage. Deshalb trinkt er erst einmal genüsslich sein Bierkrügel leer und wischt sich mit dem Handrücken den Schaum vom Mund.

»Über den Josef kann man nix sagen, und schon gar nix Schlechtes«, nuschelt er Annerl über den Stammtisch hinweg zu. »Der Josef ist ein guter Mensch, sonst hätte er nicht den Neffen der Maria so kräftig finanziell unterstützt. Das ist ihm hoch anzurechnen! Und ein guter Weinbauer ist er obendrein. Seine Rieden waren nicht immer so ertragreich. Das hat der Josef erst in den letzten Jahren durch schwere Arbeit geschafft.«

Mit glänzenden Augen zieht er den Teller mit Würsteln zu sich, den der Wirt vor ihm abstellt, tunkt das längere des ungleichen Paares in reichlich Senf und beißt hinein. Den Saft, der ihm dabei aufs Kinn tropft, wischt er mit dem Ärmel seines Jankers weg. »Genau wie ich«, nuschelt er weiter. »Ich liefere meinen Wein auch nimmer an die Winzergenossenschaft, sondern fülle meinen edlen Tropfen selber in Flaschen ab.«

Annerl Passer überlegt kurz, dann grinst sie schelmisch und streckt ihren Kopf weit über die Mitte des Wirtshaustisches, sodass sie fast Pummerls Knollennase berührt.

»Weißt, Bürgermeister«, sagt sie bedächtig, »beim Wein is wie in der Politik.«

Behäbig legt Pummerl sein Würstel, in das er grad hineinbeißen wollte, auf den Teller zurück und wischt seine fettigen Finger an der Hose ab. Seine Schweinsäuglein fixieren Annerl.

»Was willst denn damit sagen, ha?«

Sie grinst noch schelmischer.

»Ganz einfach, Bürgermeister. Man merkt erst hinterher, was für Flaschen ma g'wählt hat!«

Dunkles Waldviertel
von Max Oban

Georg Bloch führt ein zufriedenes Leben in Krems. Doch eines Tages wird er in den kleinen Ort Randstein an der Thaya versetzt. Vom ersten Tag an fühlt er sich nicht wohl. Gegen seinen Willen schlittert Bloch in eine Mordermittlung, die ihn nicht nur in die Mystik des Waldviertels, sondern auch weit zurück in die Vergangenheit führt. Bloch wird von einem geheimnisvollen Fremden verfolgt und er lernt den Schriftsteller Manuel Schröffl kennen, der am Rand des Dorfes lebt. Wer ist der mysteriöse Mann? Und welche Rolle spielt Jakub Fiala, der rätselhafte Detektiv aus Brünn in Tschechien? Als Bloch die tödlichen Zusammenhänge durchschaut, gerät er selbst in eine mörderische Falle.

Lust auf Krimi-Spannung?

Dann melden Sie sich zum
federfrei Österreich Krimi-Newsletter
an unter
https://krimi.gratis